大雅

为一种品格注脚

大雅诗丛

曼德尔施塔姆诗选

[俄罗斯] 曼德尔施塔姆　著
Osip Mandelstam

黄灿然　译

广西人民出版社

目　录

选自《石头》

选自《哀歌》

选自《诗 1921—1925》

选自《莫斯科笔记本》

选自《沃罗涅日笔记本》

选自《石头》

我应当只读儿童书

我应当只读儿童书，
只珍视儿童的思想，
把所有大事情抛开抛远，
逃出悲伤的深处。

生活让我厌烦得要死，
我也没从中接受什么，
但我爱我这不幸的土地，
因为我没见过任何别的。

我晃荡在遥远的花园里
一个简陋的木秋千上，
在朦胧的谵妄中回忆
高大而暗淡的冷杉。

1908 年

比温柔还温柔

比温柔还温柔
你的脸，
比洁白还洁白
你的手；
你尽可能地远离
这个世界，
你的一切
都来自非这样不可。

非这样不可：
你的忧伤，
你永不变凉的
触摸，
还有你没有怨气的
安静声音
和你眼睛的
遥远。

1909 年

我被赋予一个身体

我被赋予一个身体——该拿它怎么办，
如此独特又完全属于我自己？

这呼吸和生活的静谧欢乐，
告诉我，我该感谢谁？

我是园丁，又是花，
在世界的牢狱里我并不孤单。

永恒的玻璃上早就印着
我的呼吸，我的温暖。

玻璃上显现的图案
最近没有谁认出它。

让那些瞬间的黏液一滴滴淌掉——
这珍贵的图案要保持清晰。

1909 年

一双硕大的眼睛

一双硕大的眼睛，
流露表达不出的悲伤。
花瓶惊醒，
溅出水晶。

房间整个地
懒慵慵——甜蜜的药！
如此一个小王国
侵吞睡眠的辽阔。

一滴红酒，
一点五月的阳光——
和掰开一片薄饼的
纤指的白色。

1909 年

不需要说话

不需要说话
也不必教导；
这黑暗而残酷的灵魂
多悲哀，又多美丽。

它已经没有它想教导的东西，
甚至缺乏说话的力量，
却像一只小海豚[①]，在世界
灰色深处变暗的地方游移。

1909 年

① 据罗伯特·特拉西注释，海豚可能与希腊关于海豚的传说有关：阿波罗视海豚为神圣，海豚对人类友善，曾有一只海豚把诗人阿里翁救往西西里。——译注

你在向谁微笑呢[①]

你在向谁微笑呢，
啊，满怀喜悦的旅行者！
你为什么祝福
不相识的山谷？

没有人带领你穿过
渐渐变绿的溪壑，
也没有人用夜莺的婉转
低声呼唤你，

当你裹着不温暖
但共患难的外衣，
与谦卑的光线一起飞，
飞向高高的星光。

1909 年

① 此诗未结集。——译注

如果冬天早晨是黑暗的[①]

如果冬天早晨是黑暗的，
你寒冷的窗户
就显得像旧镶板。

窗前的常春藤
青翠碧绿；结霜的玻璃外
几棵树悄悄站立，套着护罩，

免受任何风的吹袭，
免遭任何不幸的打击，
枝叶互相交织。

半明半暗渐渐变亮。
就在那个窗框前，最后
一片毛茸茸的叶子颤抖着。

1909 年

① 此诗未结集。——译注

我奉献生命的诗歌精神[①]

我奉献生命的诗歌精神
那先知式的呼吸呵，
你触到什么样的心灵，
你听到什么样的消息？

或者，你被旋律抛弃
更甚于沙滩中歌唱的贝壳？
它们的美丽球体，不为生者打开，
只让他们看到轮廓。

1909 年

① 此诗未结集。——译注

你住所里没人[1]

你住所里没人。风
继续吹，受你不在的
压迫。那杯为你双唇准备的水
在桌面上冒着热气。

那么，你是不来了，
连同你那隐遁占卜者的脚步声；
你不会用你渴睡的双唇
在窗玻璃上画图案；

那杯长时间受苦的水——
当它还在冒着热气——
徒劳地在荒凉的空气中
画出一条条曲线。

1909 年

---

① 此诗未结集。——译注

讨厌的癞蛤蟆[1]

讨厌的癞蛤蟆
跳进浓密的草丛里。
除了死亡
我不知道我活着。

尘世的生命，尘世的美，
为什么你们要来烦我？
但她，她使我想起
我是谁，我梦见过谁。

1909 年

① 此诗未结集。——译注

听觉拉紧感觉的帆

听觉拉紧感觉的帆，
扫视的眼睛渐渐虚无，
午夜群鸟空洞的合唱
掠过寂静。

我贫穷如大自然，
简朴如天空，
而我的自由如幽灵，
如午夜群鸟的鸣声。

我看见无生命的月亮
和油布般死寂的天空；
虚无啊，虽然你的世界变态
而陌生，我接受它！

1910 年

我在邪恶而多泥的池塘中长大

我在邪恶而多泥的池塘中长大
像一根飒飒响的芦苇，
热情地、慵懒地、温柔地
呼吸被禁止的生命。

没有人看见，我低垂，
沉向冷泥的庇护所，
只有秋天飞逝的瞬间
以飒飒声友好款待我。

我享受这残酷的侮辱。
在梦幻般的生活中
我偷偷地羡慕所有人
并偷偷地爱上他们。

1910 年

大池塘透明的幽暗显出[①]

大池塘透明的幽暗显出
慵懒的发白的窗户，
但这颗心——为什么如此缓慢，
如此坚持要沉重起来？

它一会儿以全部力量潜入最底端，
思念那舒适的淤泥，
一会儿像一根稻草，避过深处
然后轻易地浮到最上面。

那就假装温柔站在床边，
为自己唱一生的催眠曲，
用你那童话般的渴望折磨自己，
善待骄傲的沉闷如善待朋友。

1910 年

① 此诗未结集。——译注

不容更改的词语[①]

不容更改的词语……
朱迪亚变成石头。
他低垂着头，
每一刻都更沉重。

士兵们看守尸体，
它逐渐变冷；
他的头像一个小花环
悬在虚弱、陌生的梗上。

他统治，他低垂着头，
像百合，垂入他土生土长的池塘里，
而那浸着柄的深处
庆祝其法律。

1910年

① 此诗未结集。此诗描写耶稣。朱迪亚是古巴勒斯坦南部地区，亦译为犹大地、犹太。克莱尔·卡瓦纳解释说，曼德尔施塔姆努力要证明，看似贫瘠的耶稣和基督教文化诞生地朱迪亚，也有可能成为另一次诞生的沃土——他要自我演进，使自己融入西方的基督教传统。此诗与前面两首"池塘"诗，被一些研究认为是"三联诗"。——译注

给安娜·阿赫玛托娃[1]

今天你在我眼里似乎
是雪中的黑天使，
而我无法对自己保守这秘密：
上帝的印记就在你身上。
如此奇异的印记——
老天赋予的——
使得你看上去应该站在
教堂里，壁龛中。
但愿那非尘世的爱
与尘世的爱混合，
但愿那风暴之血
不会涌入你面颊，
那雄伟的大理石将抵消
这些破旧衣裳的全部蒙蔽
和你最柔软的肉体的全部赤裸，
但不会抵消你脸上的红晕。

1910 年

---

① 此诗未结集。——译注

这些马走得多缓慢

这些马走得多缓慢，
灯笼照得多幽暗！
这些陌生人大概知道
他们要把我带到何方。

我相信他们的善良，
而我感到冷，渴望睡个觉，
却在拐弯处突然被抛起
面对满天的星光。

我的头在发烧中摇晃，
一只陌生人的手冰凉而柔软；
冷杉黑暗的轮廓
还不知道什么时候才清晰。

1911 年

沉闷、潮湿、雷声滚滚的空气

沉闷、潮湿、雷声滚滚的空气；
一切都好，树林里没有恐惧。
我将又一次谦逊地背上在孤独中行走，
这个轻十字架。

像一只野鸭，责难将再次
飞向我冷漠的祖国——
我分担生命的黑暗，
我不会因为我孤独而受指摘！

一声枪响。野鸭的翅膀变得沉重
飞越昏睡的池塘，
松树的枝丫被水中
自身的倒影所震慑。

一片奇异的光，天空沉闷——
世界模糊的悲伤——

也请允许我模糊，
让我不爱你。

1911 年

贝 壳

也许，夜，你不需要我；
此刻我被扔到你的海边，
像一枚没有珍珠的贝壳
被抛出世界的深处。

你冷漠地把浪花
搅成泡沫；你难以平息地歌唱；
你将爱，将珍惜
一枚看似不中用的贝壳。

你将穿着长袍
躺在它身边的沙滩上，
并把它与巨浪的洪钟
紧紧扣在一起。

你将给这枚脆弱的贝壳，
这间没人居住的心灵小屋，

灌满风，和雨，和雾，
和泡沫的低语……

1911 年

啊，天空，天空，我将梦见你

啊，天空，天空，我将梦见你！
你不可以变得这样盲目，
日子不可以这样像一张白纸燃烧：
冒一点烟，剩一点灰烬！

1911 年

一个穷艺术家[①]

一个穷艺术家，我早就爱上
孤独，爱上贫困。
为了在酒精火焰上煮咖啡
我买了一个廉价小三脚架。

1911 年

① 此诗未结集。——译注

新月悬在蓝天[①]

新月悬在蓝天，
清晰又明亮，
路上，马蹄在考验
地面。

我深深叹息——
天空湛蓝——
犹如用一只银匙
舀水。

我戴上沉重的
快乐王冠，
一个铁匠正兴高采烈地
锤打。

1911 年

① 此诗未结集。——译注

我冷得直打寒战[①]

我冷得直打寒战——
我想沉默！
但是黄金在天空里舞蹈——
命令我歌唱。

1912年

① 此诗为节译。——译注

我讨厌单调的星

我讨厌单调的星
射来的光。
欢迎回来，我的老狂热——
那缩成尖箭的塔楼[①]。

石头呵，做花边图案；
变成蜘蛛网吧：
用一根细针刺伤
苍穹的空乳房。

我的机会会来——
我能感到翅膀的展开。
就算是吧——但哪里是活思想的箭
要射向的目标？

也许，等到我的旅途和我的时间
都耗尽了，我就会回来：

在那里我不能爱。
在这里我不敢爱。

1912年

---

① 据罗伯特·特拉西说，此处可能是指圣彼得堡海军部大楼的尖顶。——译注

在浓雾中我感觉不到

在浓雾中我感觉不到
你痛苦而不稳定的形象。
“主啊！”我说，
我无意中说漏了嘴。

上帝的名字，像一只巨鸟
突然从我胸中飞出。我前面
是浓雾的袅袅湿气，
我背后留下空笼子。

1912 年

旅行者

面对神秘的高处
我感到难以控制的恐惧；
我喜欢空中的燕子
和钟楼向上飞腾的姿势。

就像昔日的旅行者
踏着摇晃的木板走在深渊之上，
听着雪球在滚大，
永恒敲打着石钟。

如果这是真的！但我并不是我瞥见的
那个落叶纷飞下的旅行者，
悲伤在我身上真实地歌唱：

峰顶上在雪崩！
我整个灵魂升到众钟之中回荡，
但音乐不能把我从深渊里救出来！

1912 年

为永恒而活的人少而又少[①]

为永恒而活的人少而又少，
但是如果你只关心某些瞬间的事物
你的命运就会成为恐惧，你的屋子就会不稳！

1912 年

① 此诗为节译。——译注

路德会教友

星期天在路德会教堂附近
我出去散步时碰见人家在送葬。
虽然我的思想飘向远方，但我经过时
看得见那些肃穆的教徒一脸愁容。

他们的外国话对我毫无意义，
只有细长的缰绳和挽具在发光；
在空荡荡延伸而去的假日街道上
映着慵懒的马蹄铁的影子。

在颠簸而昏暗的马车中，
在紧闭的窗帘里，悲伤的伪装卸下，
没有一句话，没有一滴泪，
纽扣孔闪着秋天的玫瑰。

系黑丝带的外国人落在后面，
女士们边走边哭，面纱
遮着红润的脸；马车夫高高坐着，
固执地驶向某个遥远的地方。

死去的路德会教友，无论你是谁，
做什么，他们都妥帖地安葬你。
得体的眼泪得体地黯淡了眼神，
鼓声有节制地响起。

我想，不需要华丽的辞藻。
我们不是预言家也没有预备好道路[1]；
我们不想上天堂，不怕下地狱，
我们燃烧而没有光，像正午的烛火。

1912 年

① 据罗伯特·特拉西说，这行诗指涉《新约》的施洗者约翰，他的出现应验先知的预言："预备主的道，修直他的路。"——译注

圣索菲亚大教堂[1]

圣索菲亚大教堂：在这里
上帝命令各民族和帝王停步。
你的穹顶，一个目击者说，
就像用一条链从天顶垂下。

查士丁尼[2]为所有时代确立标准；
当以弗所[3]的狄安娜允许他
从神殿抢走一百零七根
绿色大理石柱，献给他的新神。

但你慷慨的建造者究竟在想什么，
当他以同样伟大的意图和精神
分配半圆形小室和门廊，安排
它们哪个朝东，哪个朝西？

一座光荣的庙宇，耸立在世界上，
四十个窗子是光的胜利；
在圆顶下，在支承拱上，
四个大天使是最辉煌的景观。

这座球形的智慧建筑物
将比许多民族和世纪更长久，
六翼天使们回荡的哭泣声
将遮掩不了那幽暗的镀金。

1912年

---

① 圣索菲亚大教堂，意为神圣的智慧大教堂，位于君士坦丁堡，为查士丁尼所建，不是建给某个圣徒，而是建给神圣的或神的智慧。理夏德·普日贝尔斯基说，圣索菲亚大教堂如同所有基督教庙宇，是约伯的天梯，是宇宙及其解释的象征。教堂内部象征宇宙，中殿的四部分象征地球四个方位。祭坛描述天堂——上帝的居所。要明白第一节，就必须先理解这点。与拜占庭历史学家普罗科匹厄斯关于穹顶是来自上帝的礼物的说法相反，曼氏（曼德尔施塔姆）认为这是人类的作品，是建筑师使它升向天堂的。教堂不是上帝的礼物，而是人类创造的系统。这个系统成为与文化发展过程建立智慧的关系的楷模，如同第二节所表明的。最后，教堂证明它战胜时间。——译注

② 查士丁尼，拜占庭帝国皇帝，在他和朝臣的努力下，编纂了世界上第一部完备的奴隶制成文法——《查士丁尼法典》，对后世大陆法系民法典的制定有着深远影响。——译注

③ 以弗所，基督教早期最重要的城市之一，该城的阿尔忒弥斯神庙（女神狄安娜的首要神龛）为古代世界七大奇迹之一。——译注

巴黎圣母院[①]

在罗马法官[②]审判异族的地方
耸立一座大教堂；欢乐而独特，
如同初醒的亚当，一个轻盈的交叉穹形
伸展它的神经，屈曲它的肌肉。

但从外面望进去，你会看见那隐藏的计划：
嵌着托梁的坚实拱门警惕地阻止
那庞大的体积压碎墙壁，
稳住大胆拱顶的攻城槌。

原始的迷宫，超出人类理解力的森林，
哥特式灵魂的理性深渊，
埃及的力量和基督教的温顺，
野草旁的橡树，而四周的垂直线都是帝王。

但强大的巴黎圣母院啊，我专注的眼睛愈是
细看你巨大的肋拱和框架

这个念头就愈是不断浮现：

有朝一日，我也将使美在残忍的重量中升起。

1912年

---

① 据罗伯特·特拉西说，巴黎圣母院正面有一座亚当雕像，阿克梅派有时候亦自称为亚当派。曼德尔施塔姆在其《阿克梅派的早晨》一文中说："阿克梅派和中世纪都对有机体和组织满怀热情，而中世纪是一个具有生理学特征的时代……巴黎圣母院是对生理学，对其酒神式狂欢的庆祝。"另曼氏在《人道主义与当代》一文中把"社会的哥特式精神"定义为"质量与力量的自由发挥，人类社会被视为一座复杂而密集的建筑森林，一切都是有效而独特的，每个细节都呼应庞大的整体"。普日贝尔斯基说，艺术的材料，无论是石头或词语，都有自己的重量，而这重量是艺术家的敌人。曼氏相信词语与石头很相似，但也相信每一样材料，哪怕是明显沉重的，也隐藏着"内在意念"或潜在可能性，使材料可以在艺术中获得新的、永恒的生命。从曼氏的生平和作品看，他确实实现了他的愿望："使美在残忍的重量中升起。"——译注

② 罗马法官：巴黎曾是罗马殖民地。

像一条蛇，我藏在[1]

像一条蛇，我藏在
我自己里面；像常春藤
缠绕我自己，高出我自己；

我渴望我自己，我飞向我自己，
我展开黑色翅膀
从水面上掠过；

像一只吃惊的雄鹰
回来时再也找不到
已坠入深渊里的巢，

我将用闪电之火洗涤自己，
我将念咒召唤庄严的暴雷
然后遁入冷云深处。

1912 年

① 此诗未结集。——译注

老　人[①]

天亮了，歌唱的汽笛
报告早上七点。
样貌像魏尔伦的老人
——你的机会来了！

他眼中一线绿光，
半是狡猾，半是天真；
脖子上紧系着一条
土耳其花格子围巾。

他咒骂神明，
口齿不清咕哝着；
他想忏悔，
但首先想犯罪。

一个不顺遂的工人
或一个落魄的浪荡子——
那只昨夜被打黑的眼睛
现在彩虹般焕发光彩。

他就这样，在无所事事中
闲荡，度过他的安息日，
任由幸灾乐祸的反感者
从每个门道里探头窥视。

而回到家中，气得脸色灰白
连珠炮破口大骂的
严厉妻子，正叉着腰等待
烂醉的苏格拉底！

1913 年

---

① 在沃罗涅日流放期间，曼德尔施塔姆把第五节删去。——译注

这放纵刺激的生活会使我们疯狂

这放纵刺激的生活会使我们疯狂，
午前喝酒，晚上还在脑涨。
我们怎样才能摆脱这病态的兴奋，
这发热的取乐的可怕红晕？

痛苦的握手仪式，
夜里街头的接吻，
河水沉重的流动，
火炬般闪耀的街灯。

像等待童话中的狼，
我们等死，但我猜最先死去的
将是那努着干裂的赤唇
额前晃着一抹鬈发的人。

1913 年 12 月

面包有毒，空气喝干

面包有毒，空气喝干，
治疗一个伤口多困难！
被卖到埃及的约瑟[①]
渴望也不会这么强烈！

贝都因族人骑着马
在繁星闪闪的天空下
闭着眼睛歌唱
刚逝去的一天的艰难。

你几乎不需要什么灵感：
一个遗失在沙漠里的箭筒
或某人卖掉一匹马——
事件的浓雾正在消退。

而如果你全副身心
真实地歌唱，那么一切

就会散尽，只剩下
空间、星光和歌手！

1913 年

① 约瑟，雅各的儿子，《旧约》中提到他被异母兄长们卖到埃及，后来成为埃及宰相。曼德尔施塔姆的名字奥西普是约瑟的俄语变体。特拉西说，作为“内在的流放者”，曼氏常把自己视为约瑟和奥维德的同路人。——译注

自画像[1]

昂起的头上暗示
有翅膀，但大衣宽松。
在眼睛的闭起中，手臂的
宁静中：能量纯粹的匿藏所。

这就是那人，要飞，要唱，
要克服天生的笨拙，
以内在的节奏，以词语
那迸出火花的可锻造性。

1913 年

[1] 此诗未结集。——译注

贱民睡着了[①]

贱民睡着了。广场张开弧形大口。
铜门溢满月光。
丑角曾在这里梦想他的荣耀，
野兽曾在这里折磨亚历山大。

洪亮的钟声，沙皇们的幽影……
俄罗斯啊，你站在石头上，站在鲜血上；
祝福我吧，至少让我分担
你最后惩罚的重负！

1913 年

---

① 此诗未结集。据 R. H. 莫里森注释，沙皇亚历山大二世多次遭暗杀未遂，1881 年 3 月终于被炸弹所伤。随后，五名暗杀者被处以绞刑。——译注

马蹄依然响着[①]

马蹄依然响着
远古时代的碰击声。
看门人穿着毛皮外套
在木凳上睡觉。

铁闸一阵急响
惊醒君王般慵懒的看门人，
他狼嚎般的呵欠
令人想起西徐亚人[②]：

当年奥维德用日渐衰老的爱
把罗马与大雪混合起来
歌唱野蛮人队伍中
颠簸的牛车。

1914 年

① 克拉伦斯·布朗认为，此诗源自奥维德的《哀歌》，其中有："……而被寒冷/变坚固的水，感到马蹄的碰击。/在这座新建的桥上，在潺潺的水流上，/萨尔马希亚人的牛群拉着野蛮人的牛车。"——译注

② 西徐亚人，公元前 7 世纪居住在黑海北岸的游牧民族。——译注

自然即罗马[①]

自然即罗马，并反映于罗马。
我们看见它市民力量的形式，
在透明空气中如同在天蓝色竞技场中，
在田野的论坛里，在树林的廊柱间。

自然即罗马，再去麻烦
任何神明，似乎毫无意义：
尚有献祭的内脏可供预知战争，
奴隶可供沉默，石头可供建筑！

1914年

---

① 可比较丘特切夫的《夜里的罗马》，以及波德莱尔的《应和》："自然是一座庙宇，活生生的柱子……"——译注

让那些繁华城市的名字

让那些繁华城市的名字
以瞬间的意义抚慰耳朵。
活下来的不是罗马这座城市
而是人在宇宙中的位置。

帝王们试图统治它，
教士们为战争找借口，
但那个位置空出之日
房屋和祭坛便是垃圾。

1914 年

你隐在一团迷雾里经过[①]

你隐在一团迷雾里经过，
你脸颊上显现幼嫩的红润。
太阳又冷又病地照耀。
我自由而无用地逛荡……
邪恶的秋天在我头顶上算命，
通过成熟的果实发出威胁，
与众山峰谈论众山峰，
并通过轻纱吻我们的眼睛。
生命的焦虑之舞怎样
冻僵！你鲜艳的颜色怎样在一切事物上
游戏！明亮日子盛开的伤口怎样
显现，即便在那团迷雾里！

1914 年

---

① 此诗未结集。——译注

我没听过莪相的传奇故事[①]

我没听过莪相的传奇故事，
我没尝过那古老的美酒——
但为什么我好像见过那片林中空地，
和苏格兰凶悍的月光？

在不祥的寂静中我仿佛听见
渡鸦和竖琴呼来唤去，
随从们风中飘扬的头巾
在月光中闪现。

我有幸继承一笔遗产：
外国诗人留下的漫游梦。
我们完全可以有意识地瞧不起
我们的亲属和沉闷的邻居。

而且，这也许还不是唯一的宝物
——它跳过孙儿，传给了曾孙儿，

于是一个诗人将再次改编另一首歌
并当成他自己的来吟唱。

1914年

---

① 莪相（Ossian，又译奥西恩），传说中的爱尔兰英雄和吟游诗人。苏格兰诗人詹姆斯·麦克弗森（1736—1796）出版了搜集于苏格兰高地的古诗片断和史诗《芬歌儿》、《帖莫拉》，宣称是译自莪相的原作。这些作品对欧洲作家产生很大影响，包括歌德和司各特，据说连拿破仑也非常着迷。在俄国，影响最大的是叶尔米尔·科斯特罗夫根据皮埃尔·勒图纳尔的法语译本（1777年）转译的译本，出版于1792年。——译注

权　杖[①]

我的权杖，我的自由，
我存在的核心——
人民的真理会很快
也成为我的真理吗？

在找到自己之前
我不向大地低头；
我拿起我的权杖，振作精神，
出发去遥远的罗马。

虽然黑色耕地上的积雪
也许永不会融化，
但我故乡人民的忧伤
对我仍像从前一样陌生。

悬崖上的积雪将在
真理炎烈的太阳下融化。

人民是对的，把权杖
交托给我——见过罗马的人！

1914年

---

① 据罗伯特·特拉西引述，曼德尔施塔姆研究者希格列布·施特鲁韦证明此诗是写俄国哲学家恰达耶夫（1794—1856），在曼氏眼中，恰氏（恰达耶夫）是前往罗马朝圣和继承西方古典遗产的先驱。曼氏在《恰达耶夫》一文中说："俄罗斯只给了恰达耶夫一个礼物：道德自由，选择的自由。在西方，没有人获得程度如此大、如此纯粹和丰富的自由。恰达耶夫把它当作一根神圣的权杖来接受，然后去罗马。"——译注

欧里庇得斯的老人们[①]

欧里庇得斯的老人们，一群可怜虫，
踉跄而出，像一群羊。
我走在一条蛇似的小道上，
黑暗的冒犯涌入心里。

但不用多久
我将抖掉悲痛，
像一个小男孩在晚上
抖掉凉鞋里的沙。

1914 年

① 此诗未结集。——译注

失眠。荷马。绷紧的帆

失眠。荷马。绷紧的帆。[①]
我已经将战船的清单读了一半：
那一大队拉长的鹤群
曾经在整个古希腊上空升起。

如同鹤群排成楔形队飞往异域——
帝王们头上的神圣泡沫——
你们驶向哪里？希腊战士啊，
如果不是为了海伦，你们还会在意特洛伊吗？

大海和荷马：一切都由爱推动。
我该倾听谁？现在荷马沉默了，
而黑色的大海，雷霆演说家，
咆哮着拍击我的枕畔。

1915 年

---

① 此处指作者失眠时读荷马史诗，计算希腊战船的数目。——译注

选自《哀歌》

我们将死在透明的彼特罗波利斯[1]

我们将死在透明的彼特罗波利斯，
在那里普罗塞庇娜[2]是我们的女王；
我们每次呼吸都吐纳死亡的空气，
每个时辰都是我们的周年忌日。

全能的大海女神，可怕的雅典娜，
摘下你那专横的石盔。
我们将死在透明的彼特罗波利斯，
普罗塞庇娜在那里做女王，不是你。

1916 年

---

① 曼德尔施塔姆像另一些诗人例如杰尔查文和普希金一样，偶尔会以希腊语彼特罗波利斯来称呼彼得堡。普日贝尔斯基说，曼氏被彼特罗波利斯的声音所迷住，因为通过这个称呼，这座彼得创造的城市就摆脱了德语的“堡”（体现普鲁士的社会理想），而变成了“波利斯”，也即城邦，从而获得一种希腊精神。同时，彼特罗波利斯的终结，如果不是意味着整个帝国的终结，也是意味着帝国历史中自彼得堡建城以来这个时期的终结。因此，当第一次世界大战爆发，曼氏像其他开明知识分子一样，意识到沙皇的独裁统治真正要结束了，于是毫不犹豫地把他自已、他亲爱的人和他至爱的城市献给死亡的力量。——译注

② 普罗塞庇娜，罗马神话人物，即希腊神话中的珀尔塞福涅，被冥王劫走并强娶为妻，成为冥后。——译注

今夜无可修补[1]

今夜无可修补，
但你所在的地方空气里充满光。
在耶路撒冷城门
升起一个黑太阳[2]。

更可怕的是那黄太阳[3]——
睡吧，孩子，嘘，宝贝——
在充满光的圣殿，犹太人
唱着我母亲的葬歌。

失去了救赎的恩典，
又没有祭师[4]，
在那充满光的圣殿犹太人
为一个女人的尘土举行安息仪式。

以色列人的声音
在母亲上方回荡；

我从摇篮里惊醒，
黑太阳已照临。

1916年

---

① 曼德尔施塔姆母亲于1916年逝世。据奥列格·列克马诺夫说，此诗灵感来自曼氏对母亲葬礼的印象。列克马诺夫引述曼氏弟弟叶夫根尼的话说："随着母亲逝世，曼氏家族便开始解体。……母亲的逝世……特别影响了我们当中反应最敏感的奥西普。……他年纪愈大，就愈是对母亲心怀愧疚。经过一段时间之后，奥西普终于意识到他欠母亲是多么多，她为他付出是多么多。"——译注

② 黑太阳，指耶稣受难时的日蚀。——译注

③ 黄太阳，对曼氏而言，黄色或金色与黑色的结合，总会使他联想到他的犹太人遗产。曼氏与母亲一样，都已脱离传统犹太教。——译注

④ 犹太人"又没有祭师"，指脱离传统犹太教的犹太人。——译注

没有街灯照我们[1]

没有街灯照我们，只有纤细的
亚历山大杨树的蜡烛。
你把黑毛皮从胸前除下
披在我肩上。
涅瓦河的雄伟使你心烦，
而你把美妙的毛皮给了我。

1916 年

① 此诗未结集。——译注

十二月党人

“异教的参议院可以作证：
这些行为将永垂不朽！”
他抽着烟斗，掖了掖晨衣
当其他人在附近下棋。

他用雄心勃勃的梦想
交换西伯利亚边陲一座陋屋
和一支叼在毒口中的优雅烟斗，
那口中讲出了悲伤世界的真理。

当德国橡树首先沙沙响，
欧洲在罗网中流泪。①
黑色四马大车竖起来
在每一个胜利的转折。

以前蓝色潘趣②在玻璃杯里燃烧。
那莱茵河朋友，
爱自由的吉他，
用茶炊宽广的音域讲话。

活泼的声音依然激动地
谈起那甜蜜的公民自由；
但盲目的苍天不需要烈士：
劳动和稳定更重要。

一切乱糟糟，而随着事情逐渐变冷
没有人会说一切乱糟糟，
然而这样重复多么甜蜜：
俄罗斯，忘川[3]，罗累莱[4]。

1917年

---

① 斯蒂芬·布罗伊德认为，这两行诗中，第一行指德国早期浪漫主义和德国知识界的革命潮流及民族主义潮流，这些潮流都影响了十二月党人。第二行指19世纪初欧洲各地保守派对上述潮流的反应。

② 潘趣，一种鸡尾酒的名字。——译注

③ 忘川，一条冥河，饮其水即可忘却过去。这里可能暗示十二月党人之死及其可能的转世。——译注

④ 罗累莱，德国民间传说中的魔女，坐在莱茵河畔一座巉岩上，用歌声诱惑河上的船夫，暗指引致毁灭。——译注

你那美妙的发音

你那美妙的发音：
秃鹰干燥的鸣叫
或不如说，闪电
那裂帛的活形象。

“什么?”你的头沉重起来。
“啊?”我在跟你说话。
一个来自远方的声音：
我也生活在尘世上。

让他们低语：如果爱情有两翼，
死亡就多一百翼。
即使当我们双唇飞向它，
灵魂也会抵抗它的拥抱。

如此多空气和帛
和低语的风。

如同长夜中的盲人，
我们喝没有太阳的饮料。

1917 年

土地依然悲伤[1]

土地依然悲伤，
为一个提早的国家，太早——
我们都要排在黑队里
沿着克里姆林宫的黑广场。

1917 年

① 此诗未结集。——译注

啊，杨树味！[①]

啊，杨树味！陶醉于
世界末日临近的感觉，
我们是捣乱者——不是为了捣乱——
在克里姆林宫的黑广场。

大教堂光滑的正面
庄严地沉睡。不驯的
伊凡大帝[②]——寂寞的强盗——
活像一个绞刑架，又野又直。

1917 年

---

① 此诗未结集。——译注
② 伊凡大帝是指克里姆林宫里的一座钟楼。——译注

在可怕的高处一柱火在游移

在可怕的高处一柱火在游移；
但那是一颗星在闪烁吗？
澄亮的星，游移的火，
你的兄弟，彼特罗波利斯①，正在死去。

土地的梦在可怕的高处燃烧，
一颗绿星在那里闪烁。
如果你是一颗星，天空和水的兄弟，
彼特罗波利斯，你的兄弟，正在死去。

在可怕的高处一艘大船
在展翅加速：
贫困中美丽的绿星呵，
你的兄弟，彼特罗波利斯，正在死去。

黑涅瓦河上澄亮的泉水
已中止，不朽之蜡在融化。

啊如果你是一颗星——彼特罗波利斯，你的城市，
你的兄弟，彼特罗波利斯，正在死去。

1918 年

---

① 彼特罗波利斯，即彼得堡，参见《我们将死在透明的彼特罗波利斯》注①。彼得堡作为首都的地位在 1918 年终结。天空和水的兄弟：曼德尔施塔姆对彼得堡海军部大楼尖顶上的船形风标的指称。普日贝尔斯基说，曼氏相信彼得堡将会遭受被处死的惩罚，因为在沙皇帝国倒台之后，“在克伦斯基的夏天”，也即在两场革命——二月革命和十月革命——之间这段时间，彼得堡“已宣称自己是尼禄，讨人厌，如同它正在吃一碗被拍死的苍蝇的汤”（《埃及邮票》）；因为它已成为无辜人民不必要地死亡的导因；因为它把自己的孩子们从他们的传记里扔出去，“如同台球袋里的球被扔出去”（《小说的终结》）。这首诗如同彼得堡的葬歌，并且其结尾的重复就如同希腊悲剧中的副歌。那火，那星，可能是预示灾难的彗星，也可能是冥后的透明之星，如果是后者，则彼得堡已置身于集体无意识的冥界了。普氏（普日贝尔斯基）说，那艘怪船让人想起博斯的画《圣安东尼的诱惑》，画中的船建在一条鲸鱼上——也即建在撒旦身上。但是彼得堡，尤其是诗意的彼特罗波利斯并不是真正死去，而只是在经历蜕变，变成列宁格勒。曼氏知道这次转弯将使该城市被迫获取新内容，以适应其新名字。于是他把现已不存在的彼得堡变成一个梦，一个神话。可是在这同一座城市，他召唤青年时代的朋友在这里重逢：我们将在彼得堡重逢，/仿佛我们曾把太阳埋在那里……（《我们将在彼得堡重逢》）。事实上，一座城市以两种形式共存——神话的彼得堡和现实的列宁格勒——分裂了诗人的意识，切割了他的人格，或更准确地说，使他的“我”多了一个可怕而陌生的“你”（见《列宁格勒》及其注释）。——译注

自由的微光[①]

让我们荣耀，兄弟们，自由的微光——
这伟大的微光之年。
密集森林的罗网已经撒入
黑夜那滚烫的水里。
你们正从苦难的岁月里升起，
啊，太阳、法官、人民。

让我们荣耀人民的领袖
含着泪承受的巨大负担。
让我们荣耀权力的昏暗负担，
它那难以忍受的重量。
谁有一颗心谁就会听到，啊，时间，
你那沉入海底的船。

我们已经把燕子
捆成一队队战斗军团，
太阳看不见。所有元素
啁啾着、移动着、活着；
透过密集黎明的罗网
太阳看不见而大地漂游。

那就让我们努力：推动
笨重、嘎吱响的巨舵。
大地漂游。鼓起勇气，伙计们。
如同用犁翻开大海，哪怕
在忘川的极度寒冷里，我们也不会忘记
我们用十个天堂换来这大地。

1918年

---

① 此诗的英文标题 twilight 或俄文标题 sumerki 均有“曙光”或“暮光”之意，这使得对这首诗的解释尤其是翻译变得困难和有争议。有研究者例如尼尔松倾向于“暮光”，有的研究者例如布罗伊德倾向于“曙光”，但也都不排除另一个意思，并且都认为最好是保留其含糊性，不要强作解释。这里为了保留含糊性，译为“微光”。——译注

哀　歌[1]

我掌握了离别的科学，
在披头散发的深夜的哀痛中。
牛群嚼草，把等待推迟。
城市的守望拖长到破晓。
而我遵从那鸡鸣之夜的仪式，
当眼睛承受旅途的重负
噙着泪水凝视远方，
女人的哭泣混合缪斯的歌唱。

谁能从再见这个词了解
离别在将来的含义，
而公鸡的喧闹应允着什么，
当卫城里火光燃烧？
而在某个新生活的黎明
当牛还在牛栏里慵懒地咀嚼
为何雄鸡，新生活的预报者，
要在城墙上振翅拍翼？

而我喜欢纺织的过程：
梭子穿引，纺锤嗡嗡，

还有——飞来迎接我们像天鹅绒毛——
瞧呵，赤足的德莉娅[2]！
啊，生活的根基多寒酸，
幸福的语言又多褴褛！[3]
一切发生过的，又将再度发生，
唯有认出的瞬间值得怀念。

那又何妨：一个透明形状
摆在干净的瓷碟上
如同一张松鼠皮；[4]
一个女孩俯身，把那蜡细看。
轮不到我们预言希腊的幽界；
蜡之于女人就像铜之于男人：
我们的命运全在战场上，战斗中，
而她们在于占卜时死亡。

1918 年

---

① 此诗可与奥维德的《哀歌》比照。克拉伦斯·布朗注释："这是一首关于离别的诗……但这也是一首关于离别之后的发生什么事情的诗，关于未来，尤其是关于猜测未来会发生什么事情的诗。"——译注

② 德莉娅，古罗马诗人提布卢斯在诗中对其情人的称呼。贺拉斯、奥维德、普希金等诗人在诗中也曾经用"德莉娅"称呼某位女性。据曼德尔施塔姆夫人回忆，"德莉娅"也是曼氏对一位女性的称呼。——译注

③ 比照费特诗句："我们的语言多么褴褛。"——译注

④ 普希金的长诗《奥涅金》曾描述占卜。克拉伦斯·布朗注释："把蜡熔入一浅碟的水里，突然冷却的蜡会出现奇怪形状……例如一朵云或一张摊开的松鼠皮。"另："松鼠皮"的说法来自阿赫玛托娃诗集《黄昏集》中的一行诗："你可以看见高空中一朵小灰云/摊开如一张松鼠皮。"——译注

请从我手里拿走一点儿蜜

请从我手里拿走一点儿蜜，
一点儿太阳，让你快乐起来，
像普罗塞庇娜的蜂吩咐的那样。

你不能解开一条没有系住的船，
也不能听见一个穿着皮裘的影子，
同样不能穿过阴暗的生活而不怀恐惧。

对于我们，只剩下了一个个吻
易碎犹如离开蜂巢时
死去的蜂儿。

在透明之夜的深处它们仍在发出嗡嗡声，
在山上黑色树林遮蔽的家里，
以时间、薄荷和疗肺草为食。

那么请收下我这粗糙的礼物，

这条用死蜂串成的简陋的项链，
它曾经用蜜造出一个太阳。

1920 年

我们将在彼得堡重逢[①]

我们将在彼得堡重逢，
仿佛我们曾把太阳埋在那里，
我们将第一次念出
那个幸福、无意义的词。
在苏维埃的夜里，在丝绒似的黑暗中，
在宇宙那丝绒般的空虚里，幸福的女人
她们可爱的眼睛仍在歌唱，
不朽的鲜花仍在盛放。

首都像一只弓起的野猫，
一个巡逻兵站在桥上，
一辆汽车在黑暗中飞驰而过，
咆哮着，布谷鸟一般尖叫。
今晚我不需要任何通行证。
我不害怕哨兵。
为了那个幸福、无意义的词
我将在苏维埃的夜里祈祷。

我听见剧院一阵沙沙响
和一个姑娘"啊"的一声，
还有塞浦里斯[②]的怀中

那一大簇不朽的玫瑰。
我们无所事事在篝火旁取暖，
也许很多世纪将会逝去
而幸福女人们可爱的手
将会把轻灰扫成一堆。

某个地方正厅前座有红花坛，
包厢里有品类丰富的移动食柜，
一个官员像发条玩具般直挺，
这里不适合低俗灵魂和粗鄙伪君子……
我们才不在乎蜡烛是不是
在宇宙那丝绒般的空虚里熄灭。幸福的女人
她们倾斜的双肩仍在歌唱，
而你永不会注意夜里的太阳。

1920 年

---

① 曼德尔施塔姆夫人在回忆录里说，她曾问曼氏诗中的“我们”是谁。曼氏反问：难道你不觉得这是对男人们说的，而不是对女人们说的？曼氏夫人后来肯定这是写给曼氏的诗友们。她说，你只可以跟某个已离开的人“重逢”。唯一可以在彼得堡“重逢”的人，是那些被环境所迫而离开他们至爱的城市的人。她又说：“要理解曼这首关于在彼得堡重逢的诗，就必须理解当时的局势对我们这类人造成的影响。我们生来就属于知识阶层，在我们自己的谈天说地的气氛中成长，由共同兴趣联结起来。突然间，没有任何过渡，我们发现自己置身于一个新世界……曼虽然还年轻，但是他在革命爆发时就已经踏上自己的道路，因而过渡到新世界对他来说要比我困难得多（我比他年轻得多）。只有牢记这种两个时代之间的延续性被突然中断，我们才可以理解他诗中‘幸福、无意义的词’是什么意思。”“无意义”又可译为“丧失意义”。麦克达夫注释说，“幸福、无意义的词”可能是指“彼得堡”，因为它属于一个已过去和被遗忘的时代。普日贝尔斯基说，诗中的“我们”是曼氏在召唤青年时代的朋友，尤其是阿赫玛托娃和古米廖夫。——译注

② 塞浦路斯，即维纳斯。她是塞浦路斯岛的女神，故名。——译注

跟所有其他人一样

跟所有其他人一样，
我也想服务你，
而且用被妒火
烧裂的嘴巴占卜。
言语本身不足以缓解
那使我的裂唇疼痛的焦渴。
但现在没有你
纠结的空气又变空虚。

我不再吃醋了，
但此刻我需要你。
是我甘心让自己
俯首在断头台上。
我将不再把你
称作欢乐或爱；
我的血已改变，
变得野性又陌生。

要是你再等一会儿，
我想告诉你的就是这个：

我在你身上找到的
不是欢乐而是折磨。
而如果这是一种犯罪：
吸引我回来的不是别的
而是你那咬破而迷惑的
温柔的樱桃小口。

快回到我身边，
没有你我心里害怕，
我对你的感觉从未这么强烈。
我所欲望的，
我都看见了。
我已不再妒忌，
我在呼唤你。

1920 年

我带着一个歌唱的名字

我带着一个歌唱的名字
走进影子们猛踩软草坪的圆舞里，
但一切融化，只剩下微弱的声音
残留在朦胧的记忆里。

最初我以为那名字是炽天使，
而我总是避开轻飘飘的身体。
几天过去，我便与它结合，
融入那亲爱的影子。

苹果树再次掉下野性的果实，
那个秘密的形象朝我闪现，
还诅咒神明，还骂它自己，
并吞下嫉妒的烫煤块。

但是快乐滚动如金环，
实现别人的愿望，
而你追赶轻快的春天，
你的手掌切开空气。

这样的安排是为了使我们不离开
那个着魔的圆圈。
大地，这处女，又从群山中跃起，
但浓雾使我们看不见群山。

1920 年

在黑夜把锚下在黄道带[1]

在黑夜把锚下在黄道带
那些被弃置的星座的地方，
你要飞去哪里呢，
　　　　　　　　十月枯萎的叶子，
还在襁褓中的黑暗的弃婴？
为什么你从生命树上飘下？
伯利恒对你是陌生的，你也没听过
圣婴在马槽里的故事。

你没有留下后裔；
一种无性的孬种拥有你：
你将孤寡地走进
你悲恸的坟墓；
在寂静的边缘，
在大自然不保存任何记忆的地方，
那些不死的民族不会落到
你这种下场；他们注定要化作星星。

1920 年

① 此诗未结集。——译注

圣伊萨克大教堂

圣伊萨克大教堂在乳白色亚麻披巾下
耸立如一座鸽房。
牧杖擦破灰色的寂静，
心更容易明白天上的等级。

古老安魂曲游荡的幽影，
扛着基督寿衣的广大葬礼队伍，
大斋节[①]期间，旧渔网中
革尼撒勒[②]的晦暗。

温暖祭坛上冒烟的《旧约》，
牧师孤单的痛哭，
威严的忏悔者：纯洁的雪在双肩上，
在狂野的紫袍上。

永恒的圣索菲亚和彼得大教堂，
空气和光的贮藏所，
宇宙财富的库房
和新约的粮仓。

在苦难的岁月，神灵并不奔向你，
拖过这阴郁宽台阶的
是那不幸的狼足迹；
我们永不能背叛它。[3]

因为奴隶克服恐惧就自由了，
而坚固、完整的信仰谷粒
被难以估量地保存着，
在凉粮仓，在深米缸。

1921年

---

① 据普日贝尔斯基注释，大斋节，既是黑暗时期，也是“应允之地”的希望，它象征的一切都落入基督的渔网（圣伊萨克大教堂）里。——译注

② 据普日贝尔斯基注释，革尼撒勒，见于《新约》，意为富庶的花园，又称加加利的乐土，位于加加利海西北岸。——译注

③ 据普日贝尔斯基注释，“我们永不能背叛它”指这座大教堂如同俄罗斯苦难的石棺，我们既不应背叛，也不能背叛它。——译注

选自《诗 1921—1925》

我在屋外的黑暗中洗涤[①]

我在屋外的黑暗中洗涤，
天空燃烧着粗糙的星星，
而星光，斧刃上的盐。
寒冷溢出水桶。

大门锁着，
大地阴森如其良心——
我想哪里也找不到
比这清新画布更纯粹的真理。

星盐在水桶里溶化，
冻水渐渐变黑，
死亡更纯粹，不幸更咸，
大地更移近真理和恐惧。

1921 年

① 据迈克尔·巴斯克解释，此诗是对阿赫玛托娃丈夫古米廖夫被布尔什维克处决的反应，以及对阿赫玛托娃在其诗中对该事件的反应的反应。洗涤表示一种净化仪式，作为对新生活或死亡的准备。曼氏夫人认为在这首诗中她能听到新的音调。莫纳注释说，对曼氏而言，盐是良心的象征。——译注

冬天对某些人是亚力酒和蓝眼潘趣[①]

冬天对某些人是亚力酒和蓝眼潘趣，
对另一些人是闪耀的葡萄酒和肉桂。
但有些人必须把残酷星星的严厉命令
带进一座烟雾弥漫的小屋。

我愿意拿出一切换生命（我是如此需要照顾）
和一根可使我温暖的火柴：
几颗还有温暖的鸡屎
和羊群愣头愣脑的温暖。

瞧，我手里只拿着一个陶罐，
星星的啁啾使我脆弱的耳朵发痒。
但是透过这悲惨的绒羽
你怎能不爱枯草和温暖的暗土。

轻抚软毛或翻晒草料，
饥饿如一棵包着防寒套的苹果树，
愚蠢地渴望另一个人的柔情，
一边耐心地等待，一边摸着空气。

让密谋者们在雪中穿行如羊群，
让易碎的雪冠嘎吱响，
冬天对某些人是难闻的烟和夜宿处的苦艾，
对另一些人是严重不公正的粗盐。

啊，多想把灯笼挂上高柱，
在星星的盐下散步，狗跑在前面，
手里提着一只炖鸡去拜访算命人，
但尖锐的雪花嚼我眼睛，刺我视力。

1922年

---

① 蓝眼潘趣：潘趣表面的蓝色火焰。——译注

一阵寒冷掠过头顶[①]

一阵寒冷掠过头顶，
虽然我并没有立即承认，
时代砍下我
如同切掉足踝。

生命自我克服，
声音逐渐融化，
总会错过什么东西，
总会没时间回忆某件事。

但以前要好些，
当然你不能比较
现在低语的血
和以前低语的血。

你知道双唇的翕动
不会徒劳，

树梢摇荡欢笑
虽然它注定要被砍掉。

1922 年

---

① 据迈克尔·巴斯克解释，此诗是写给曼德尔施塔姆夫人的。第一行可能是指曼氏本人过早秃头。——译注

完全想不起

完全想不起
这首歌始于何时——
是不是小偷弄响它
或蚊王子哼起它？

我愿意再一次
什么也不想说，
像火柴在黑暗中擦亮
或用肘推醒夜。

掀起天空的帽子
如同闷燃的干草堆，
卸掉一袋
沉重的葛缕籽。

以便这玫瑰色血液的黏合
和这干草的鸣响可以

失而复得，在一百年里，
在干草棚里，在梦里。

1922年

我把一张短梯靠在

我把一张短梯靠在
乱蓬蓬的干草垛并爬上去。
我呼吸乳状星星的干草尘，
呼吸太空纠结的头发。

我想了想：为什么要吵醒
那大群延长的声音，
捕捉风神在这持久的争吵中
和谐的奇迹？

在大熊星座里有七颗星。
地球上有五种好官能。
黑暗膨胀鸣响，
又膨胀鸣响。

那辆解下马匹套具的大货车
在宇宙里竖起。
干草垛古老的混乱
开始搔痒并掉屑……

我们不是在抓自己的鳞垢，
我们是在对世界的瞌睡唱歌，
我们拉紧我们的里拉琴
仿佛急着要生满粗羊毛。

收割者带回
从网里掉下的金翅雀，
我将脱离这些燃烧的队列，
回到我所属的声音秩序。

这样，粉红色血液与青草
那干燥之手呜响的联系
就可以作最后告别：一个更有勇气，
另一个去追求毫无道理的梦想。

1922年

年　代[①]

我的野兽，我的年代，谁可以
凝视你的眼睛？
谁可以用他的血
把两个世纪的脊背黏合？
血这创造者从
地上万物的喉咙喷射而出。
那食客已经战栗在
未来日子的门槛。

血这创造者从
地上万物的喉咙喷射而出
把海骨的热沙抛到海滩上
像一条燃烧的鱼；
从高处的鸟网，
从天空的湿块，它倾泻而下，
倾泻而下，胡乱
落到你的死亡伤口上。

只有长笛所熔化的一片金属
能把一串串日子连接起来
直到一个时代破牢笼而出，

世界焕然一新。
这年代正随着一个金色节拍
震荡人类悲伤的浪潮，
而一条小毒蛇
在草丛中呼吸着应和。

萌芽将会继续膨胀，
绿色的疯长将会爆炸，
但你的脊骨已被粉碎，
我辉煌的无主物，我的年代。
残忍而虚弱，你将带着
智障者的微笑回顾：
一只曾经会跑的野兽
盯着它自己的足迹。②

1923 年

---

① 据克拉伦斯·布朗注释，曼德尔施塔姆在 1936 年 2 月 3 日删去本诗原第二节，代之以目前这一节。曼氏夫人说，作为一个艺术家，曼氏从未丧失其现实感，巨大的国家结构使他害怕。他的恐惧反映在他的诗《年代》中，诗中他回顾过去，问自己如何才能“把两个世纪的脊背黏合”；而在《人道主义与当代》一文中，他说社会结构的衡量尺度是人，但也有那样一些年代，这个尺度不见了，人们说他们没有时间去考虑人，说人必须像砖或水泥那样用于建筑，而不是用砖和水泥来建筑他们的生活。——译注

② 曼氏夫人说：我们可以从曼氏 20 年代的诗中看出，他从未怀疑一个新时代已随着革命到来，他说“我们时代脆弱的秒表已临近停顿”，说旧世界只剩下一个声音，尽管“声音的来源消失了”（见《马蹄铁的发现者》）。接着，是那个时代作为一头脊骨折断的野兽的形象，它盯着自己的足迹。在所有这些诗中他要么直接地要么间接地谈到他自己在新生活中的位置，而在《石板颂》中他称自己是“一个两面派，有两颗灵魂”。——译注

马蹄铁的发现者[①]

我们看着树林，我们说：
这是一座森林，用来造船和用来造桅杆；
红松
脱落身上乱蓬蓬的负担，耸立云端，
它们应在风暴中嘎吱作响，
如同在无树的愤怒空气中
孤零零的意大利伞松；
在海风多盐的脚跟下，铅垂线将抵抗，牢牢地
系住起舞的甲板，
而那航海者
抑制不住对空间的热望
拖着几何学家易折的工具
跋涉在潮湿的犁沟里
用大地胸膛强大的吸引力
来测量大海汹涌的表面。

而我们吸入从船板
渗透出来的树脂之泪的香味
赞叹整齐地铆进舱壁的木板，
不是由伯利恒那个平静的木匠而是由另一个，
那个漫游之父和航海者之友铆进的，

于是我们说：
它们也曾经耸立在陆地上，
像驴背一样不舒服，
在那著名的山脊上
树冠常常忘记树根，
它们在新鲜的倾盆大雨下飒飒作响，
徒劳地恳求天空，想用它们高贵的负担
来交换一小撮盐。

该从哪里说起呢？
一切裂开和摇晃，
空气一听到明喻就颤抖。
没有任何一个字比另一个好，
大地发出充满隐喻的嗡嗡声。
而花哨地套着用气喘喘的密集鸟群做挽具的
轻快二轮马车
碎成一片片，跟赛马场
那些喷着鼻息的热门马竞赛。

有三重福气的是那把名字带进歌中的人，
一首被名字装饰的歌
比所有其他歌都流传得更久——
她眉头的额饰使她在朋辈中出类拔萃，
使她免除晕眩，免除太强烈的、难闻的异味，
无论是一个男人贴近的体味，
还是兽皮外套散发的浓味，
或仅仅是双掌摩擦的咸味。

空气有时候幽暗如水，万物在其中游动如鱼，
用它们伸展的鳍撩开那圆球，
因为它是密实的，伸缩的，微温的，
因为它是一个晶体，在里面车轮滚滚，马匹惊退，
是涅埃拉[②]潮湿的黑土地，夜夜被翻新，
被叉子、三叉戟、鹤嘴锄和犁。
空气是稠密地混合的，如同大地，
你不能从里面出来，进去也不容易。

一阵沙沙响像一个绿球穿过树林；
但孩子们用动物的椎骨玩抛接子游戏。
我们时代脆弱的秒表已临近停顿。[③]
但还是要为发生过的一切感谢你。
我自己也犯错，失算，做糊涂账。
时代发出咣当响，如同一个金球，
空心，圆滑，没人稳住它，
摸一摸它，它就说“是”和“不”，
像一个小孩也同样可以回答：
“我给你一个苹果”或“我不给你一个苹果”，
而当它这样说的时候它的面孔完全是它的声音的精确复制。

虽然声音的来源消失了，但声音还在继续响着，
那匹马躺在尘土里流汗喷鼻息，
但它脖子上陡峭的弧线
依然保留着竞赛时四腿奔腾的记忆，
并且不只是四腿，

而是多如道路上的石子，
并且其力量每一回都像
领头的赛马迸出火花的四蹄从地面反弹
分成四个交替的瞬间
并重新充沛起来。

所以，
找到马蹄铁的人，
吹开马蹄铁上的尘土，
用毛织物拭擦它，直到它闪亮，
然后
把它挂在门楣上，
让它休息，
使它免除再被燧石迸出火花。
再也没有
　　　　任何话可说的人类嘴巴
仍保留着上次说话时的形状，
全部的沉重感还保留在手里
虽然罐里的水
　　　　　　已在提回家的路上
　　　　　　　　　　　　　　溅掉了大半。

我正在说的话不是我在说，
而是刚从大地里挖出，像一颗颗化石麦粒。
有些人
　　　给硬币铸上狮子，
另一些人

铸上头像，
埋在大地里的各种黄铜、青铜和金子的菱形
也都享受同样的荣誉。
时代试图啃掉它们，在它们上面咬破牙齿。
时间刨削我，如刨削一枚硬币，
已没有多少剩给我自己。

1923年

---

① 此诗副题为“一首品达式颂诗的残片”。据美国学者克莱尔·卡瓦纳解释：“马蹄铁是伟大的颂诗传统所剩的残余，那传统始于希腊最重要的竞赛马车比赛。至于找到马蹄铁的人，也即后来的诗人，当他偶然碰到过去伟大传统的纪念品时，只能以残片来回答残片。他标记整个文明的消逝，这文明以品达和其他伟大的古希腊诗人开始，并有可能以他，一个强大文化的不肖子孙告终。”——译注

② 涅埃拉，希腊神话中的仙女，为太阳神赫利俄斯生了两个女儿，并与她们一起看守她们父亲的羊群和马群。——译注

③ 参见《年代》一诗注，另外，据克拉伦斯·布朗解释，这行诗是一行主题诗，把全诗分成两部分。在前一部分，说话者为“我们”说话，一个公共声音，并且也与“颂诗”相称。在第二部分，再也没剩下任何人了，说话者只为自己说话。一种死寂笼罩所有意象。那种搅动空气和大地的雄辩修辞，现在缩减成婴儿式的简单。副题中的“残片”不仅特别适用于形容这首诗本身（尽管这首诗是曼氏最不具有残片特征的诗之一），而且特别适用于形容第二部分的主题，因为第二部分的意象都是残余、剩余、遗物。全诗中的主要意象马蹄铁，是那匹曾经勇猛无比、现已死去的烈马剩下的唯一遗物。这马蹄铁被找到并被展示，它的被发现纯属偶然，还有马蹄铁被找到之后的用途，表明接下来的描写的事情都只剩下考古学特征。说话者现在以一种复活的声音说话，这声音已变成化石。而时间（时代），也即成为本诗前后两部分之分水岭的诗行中那个主要元素，终于像熔岩流一样覆盖所有事物，最后连说话者自己也抹掉了。而在《诗 1921—1925》之后的几年间，曼氏的诗歌声音亦告完全沉寂。——译注

石板颂[①]

而星与星说话

——M. 莱蒙托夫

星与星强有力的联结，
来自古老歌曲的燧石小道，
燧石与空气混合的语言：
燧石与水相遇，环与马蹄铁相连；
在云朵的软页岩上
一幅乳状石板灰的素描：
不是对多个世界的信奉，
而是困倦羊群的梦呓。

稠密的黑夜里我们站着睡觉
在一顶暖洋洋的羊皮帽下。
溪水潺潺地流回其源头
如同一条链，汩汩地吟唱。
这里是恐怖在写作，这里是断层在写作，
以一只乳状铅笔手，
这里流水自己的信徒们
已形成一份草稿。

山羊老家，那陡峭的城市，
是比燧石更强有力的层层堆积：
然而再越过一条山脊
便是羊群教堂、羊群城镇！
铅垂线对它们布道，
流水指导它们，时间锐化它们，
而空气那透明的森林
早已充满了所有事物。

如同一只来自蜂巢边的死雄蜂，
多颜色的日子被轻蔑地掸掉，
而黑夜，这秃鹰，把燃烧的粉笔
衔去喂那块石板。
把反偶像崇拜的黑板上
那白天的印象擦掉
并把已经透明了的幻象抖落
如同抖落手里的小雏鸟。

果实膨胀。葡萄成熟。
白天脾气如白天可能有的那样暴躁。
一场友好的抛接子游戏。中午，
凶残的牧羊犬还穿着外套；
如同来自冰雪峰顶的垃圾——
清新绿色也有丑恶的一面——
饥饿的水流动打转

像小野兽到处玩耍，

并且像蜘蛛爬向我——
这里每一个接合处都被月光溅泼；
在一个惊骇的陡坡上
我听到石板剧烈的尖叫：
是你的声音吗，我的记忆啊，
在教导、在折断黑夜，
在把石板抛入森林，
从鸟嘴里扯下它们？

只有从声音里我们才能知道
那里有刮擦和冲突；
于是我们按照那声音表示的方向
引导坚硬的石板。
我折断黑夜，那燃烧的粉笔，
为了立即记录。
我用噪音交换箭矢之歌，
用秩序交换鸨翼的怒拍。

我是谁？不是诚实的石匠，
不是船木工；我没给房子盖屋顶，
我是一个两面派，有两颗灵魂②，
黑夜的朋友，白天的尖兵。
那首先把燧石称为
流水的信徒的人有福了。

那首先拿皮带把山脚
拴在坚固地面上的人有福了。

而现在我研究石板的夏天
那乱刮乱擦的日记：
燧石和空气混合的语言，
一层明一层暗。
我要把我的手指伸入
来自古老歌曲的燧石小道
如同伸入一处伤口，完成
燧石与水相接，环与马蹄铁相连。

1923 年

---

① 据迈克尔·巴斯克解释，这首极其复杂的诗主要追踪诗人的创作过程，从黑暗、无意识的冲动到充满灵感、充满启迪的清晰，以及俄罗斯诗人对牺牲精神的“燧石小道”的认同和因此接受的考验。引诗来自莱蒙托夫关于诗人终其一生都在走着一条孤独道路的诗句：“我独自上路，/燧石小道在雾霾中闪耀，/夜晚安静。荒野倾听上帝/而星与星说话。”标题指涉杰尔查文晚年写在石板上的诗。珍妮弗·贝恩斯对此诗有如下评论：“诗人必须沿着先辈的小道勇猛前进，向他们学习——权威的意象重新以先辈们的形式出现。只有通过尊敬过去和允许过去指导他，他自己才能成为伟大诗歌的有价值继承者。只有这样他才有希望与过去的成就相比。”——译注

② 参见《年代》一诗的注释。——译注

像一个小身体

像一个小身体，
翅膀翻转，
那易燃的玻璃
在高空中着火。

如同蚊子似的小东西
在天顶嗡嗡鸣响，
如同步行虫悄声歌唱
那碎片[①]在碧空里受煎熬：

“别忘了我，处死我吧，
但请给我一个名字，给我一个名字，
理解我，这样我就会好受些，
在这盈满的湛蓝里。”

1923 年

---

① 据迈克尔·巴斯克和多位研究者解释，碎片指飞机，也是诗人的自况。诗中亦含有反战意识。——译注

1924年1月1日①

谁曾经吻过时间痛苦的太阳穴，
谁后来就会怀着儿子的温柔回忆
时间如何躺在窗外
小麦的雪堆里睡觉。
谁曾经抬起时代那病恹恹的眼睛
——两个硕大而惺忪的眼球——
谁就会永恒地听见那些空洞而骗人的时代洪流
所制造的噪音。

时代这暴君有两个惺忪的眼球
和一个美丽的黏土嘴巴，
但当它死去它就会倒在
它衰老的儿子麻木的手臂上。
我知道生命的呼吸一天天虚弱，
很快人们将停唱
那支讲述黏土伤口的简朴之歌，
他们的嘴巴将被锡皮封住。

啊，黏土的生命！啊，濒死的时代！
我担心，只有某个其微笑是无望的人，

某个失落的人，才会理解你。
何等的痛苦——寻找一个遗失的词，
抬起痛苦的眼睑，
不顾血中流动着的石灰，
为一个外来的部族
搜集夜间的青草。

时代。病儿子血中的石灰
渐渐变硬。[②]莫斯科沉睡如一口大棺材，
没有地方可以逃离时代这暴君。
雪散发苹果味，一如从前。
我想逃离我的门阶。
往哪儿？大街上一片黑暗，
而就像散落在木板路上的盐，
我的良心在我面前发着白光。

我振作自己，走一小段路，
穿过小街，经过椋鸟笼[③]和屋檐，
我，一个穿着薄外衣的普通旅行者，
试图扣上雪橇毯的纽扣。
一条条街闪过，
雪橇霜冻的声音清脆如苹果，
纽孔很紧，就是不听使唤，
老从我手上滑走。

冬夜如同铁器

在莫斯科街头撞击。
一会儿嘭的一声像冻鱼，一会儿呼啸着
从玫瑰色茶室里涌出，像银鱼鳞。
莫斯科又再是莫斯科④。我跟她打招呼：
“别太严厉！没什么大不了。
我仍像从前一样尊重
厚冰霜的兄弟情谊
和狗鱼的法庭⑤。”

药店山莓状的红招牌在雪中闪烁。
一部打字机在某处咔嗒响。
车夫的背，齐脚深的雪：
你还想要什么？他们不会碰你，不会杀你。
美丽的冬天，山羊座天空
布满星星，燃烧如牛奶，
雪橇毯的马毛摩擦
冻僵的滑板，发出叮当声。

一条条小街冒烟如煤油炉，
吞食雪、冰和山莓，
不断在剥掉，像一支苏维埃小奏鸣曲，
回忆 1920 年。
冰霜又再散发苹果的味道。
我会向那流言蜚语者
出卖我对第四等级⑥的承诺
和沉重得足以流泪的誓言吗？

你还要杀谁？你还要崇拜谁？
你还要发明什么谎言？
一部打字机咔嗒响：快，拔出一个键
你将找到一块狗鱼骨[7]。
病儿子血中那层石灰
将融化，幸福的笑声将爆发，
但打字机简单的小奏鸣曲
只是以前那些强大奏鸣曲[8]的淡影。

1924年

---

① 迈克尔·巴斯克说，此诗于圣诞期间在基辅开始写，但诗中意象表明一定是在列宁1924年1月21日逝世之后完成的。悉尼·莫纳斯认为这是一个“关键性的‘新年’，列宁病重”。——译注

② 参见《年代》一诗注释。——译注

③ 椋鸟笼，放置于俄国房子边，供椋鸟来栖息。——译注

④ 指莫斯科又再次是首都。——译注

⑤ 狗鱼的法庭，见于俄罗斯民间故事。有译本译为“狗鱼的公正”。——译注

⑥ 第四等级，曼氏研究者奥姆里·罗嫩认为这不是指该术语一般所指的报界，而是指曼氏本人所属的平民知识分子阶层。——译注

⑦ 一块狗鱼骨，罗嫩认为这狗鱼骨亦如马蹄铁，是一种护佑物。——译注

⑧ 强大奏鸣曲，罗嫩指出曼氏在其《时代的喧嚣》中谈到赫尔岑时曾写道：“他那暴风雨式的政治思想听上去将永远像贝多芬的奏鸣曲。”——译注

不，我不是谁的同代人[①]

不，我不是谁的同代人，
这样的荣誉不适合我。
我多么厌恶自己有这样的称号。
那不是我，那是别人。

时代这暴君有两个惺忪眼球
和一个出色的黏土嘴巴，
当它死去，它将倒在衰老的儿子
那麻木的手臂上。

我随着这时代睁开痛眼——
两个惺忪的大眼球。
河流咆哮，告诉我
人们激烈争讼的进展。

一百年前露营床
在枕头衬托下发白。
那黏土身体奇怪地伸展——
世纪的第一次陶醉结束了。

多么轻的床，
在嘎吱嘎吱响的世界征途中！
那也好，如果我们不能再造一个，
让我们将就活在这个时代。

在热房间里，在有罩雪橇里，在帐篷里，
世纪正在死去，然后：
薄角膜上两个惺忪的眼球
闪耀羽毛般的火焰。

1924 年

---

① 据迈克尔·巴斯克解释，此诗是《1924 年 1 月 1 日》遭到猛烈抨击之后诗人作出的回应。——译注

你们，不高的房屋，有小小方窗

你们，不高的房屋，有小小方窗——
你好，你好，彼得堡不寒冷的冬天。

还有鱼骨般伸出的未冻结的滑冰场
和胡乱撇在失明门厅里的冰鞋。

还有，自从那个陶工带着红陶器沿着运河做生意，
坐在小花岗岩台阶上卖他诚实的产品，至今多久了？

人们穿着橡胶靴，人们在集市穿着灰色橡胶靴，
柑橘皮自己剥落。

还有袋子里的烘焙咖啡——刚从寒冷的外面带回家，
用电动咖啡机磨出的金色摩卡咖啡。

巧克力形的，砖形的，不高的房屋，
你好，你好，彼得堡不寒冷的冬天。

还有，摆着大钢琴和放着扶手椅的候诊室，

一大沓任人取阅的过期《涅瓦》杂志[1]。

洗过澡，看过歌剧，你去哪里都一样。
傻头傻脑的街车暖洋洋。

1925 年

① 《涅瓦》杂志，意译《玉米地》。——译注

像夏天的闪电生命消逝[①]

像夏天的闪电生命消逝，
消逝如睫毛掉入玻璃杯，
到痛苦的终点都一直受骗的生命呵：
我不谴责，我不辩护。

你夜里可想要一个苹果？
可想要新鲜可口的蜜？
如果你愿意，我就脱掉你的靴，
像绒毛把你抱起来。

穿着金羊毛的天使
站在一网光中，
街灯的光线
反映在他的高肩上。

会不会有一只猫跃向我们，
跳走如一只野兔，
并在它从视野里消失时
真正封住我们前面的路？

你发红的嘴唇噘起、颤抖，
当你给你儿子倒茶；

你跟他和我瞎聊，
你欲言又止，吞吞吐吐。

当你结结巴巴说蠢话，
用你的温柔撒谎和微笑，
一阵红晕淹没你那张
笨美又拙雅的脸。

在眼睑背后，在宫殿塔尖背后，
在闷热的公园背后，
有一个国度——在那里
你肯定将成为我妻子。

所以请穿上干毛毡鞋，
披上金羊毛外套，
让我们手挽手出发
走在同一条街道上，

不回望，没障碍，无恐惧，
走向闪闪发光的路标：
那里从黄昏到黎明前
都亮着街灯，洋溢着光……

1925年

---

① 据迈克尔·巴斯克解释，此诗写给奥尔加·瓦克塞尔（1903—1932），曼氏曾于1924年至1925年与她有一段强烈恋情，差点导致他离婚。天使是指圣伊萨克大教堂正面的天使，该教堂可从当时曼氏与瓦克塞尔经常见面的酒店望见。她被丈夫遗弃，与两岁的儿子生活在一起。——译注

啊，我姨母太有钱了①

啊，我姨母太有钱了。
一个真正的陶器和银器的宫殿，
分门别类的小东西——还有家具！
路易十四时代，洛可可——我记不了那么多。
而在大厅里，除了种种物件，
还有古铜色大钢琴上那座贝多芬石膏像。
她真的懂贝多芬，我姨母。
有一次我去看她，
而那执拗的老女人，自豪极了，
站在贝多芬面前，用低沉的声音
赞叹："我亲爱的，你看到了吗？马拉，米拉波刻的！"②
"不是吧，姨母！你在说什么呀？"
但呆滞的老年对提示有点充耳不闻：
"那，那，"她说，"是一座那个著名马拉的习作，
我相信，是米拉波刻的。"

读者，她完全错了，你知道她！

1926年

---

① 此诗未结集。——译注

② 马拉，米拉波，分别指法国大革命时期雅各宾派与君主立宪派领袖之一。——译注

选自《莫斯科笔记本》

不要向任何灵魂吐一个字

不要向任何灵魂吐一个字。
忘掉你见到的，
鸟、老妇、监狱，
和其他一切。

否则破晓时分
你刚张口
就会像松针
开始颤抖。

你就会回忆乡间小屋的黄蜂，
小孩沾着墨迹的铅笔盒，
或你从未采摘的
森林里的蓝色浆果[①]。

1930 年 10 月，第比利斯

① 曼德尔施塔姆曾在《亚美尼亚之旅》中说："小时候，愚蠢的虚荣心和虚假的自豪感使我不愿意去采浆果，我也不屑于采蘑菇。我更喜欢哥特式的松果和虚伪的橡实。"——译注

亚美尼亚语是一只野猫

亚美尼亚语是一只野猫，
折磨我、抓伤我的耳朵。
要是我可以躺在那张驼背床上——
啊，高烧，邪恶的瘟疫！

萤火虫从天花板掉下来，
苍蝇爬满黏糊糊的被单。
一队队长脚鹤齐步
越过黄色平原。

那官员的面孔可怖如床垫——
再没有更可怜、更荒谬的人了，
奉命执行任务——妈的！——
却没有文件，让他进入亚美尼亚草原。

去死吧，他们说，
你这个偷钱的老税吏，
脸上被吐痰的前看守。
滚吧，别让我们再看到你。

门前响起熟悉的问候声：
“是你吗，老不死？简直是闹剧！”
我们是否还要继续采集死亡
像一个村姑采集蘑菇？

我们都是个人，变成无面孔的大众，
我们会有什么下场？——会多惨？——
胸坎上致命的重击
和一串埃尔祖鲁姆葡萄。

1930 年 11 月，第比利斯

给安娜·阿赫玛托娃[1]

最好习惯那养蜂人，
这是蜜蜂最好的办法。
但我计算阿赫玛托娃的螫痛
已经有二十三年！

1930 年

① 此诗未结集。——译注

在警察局的吸墨纸上

在警察局的吸墨纸上——
黑夜已吞下太多带刺的鱼——
星星在合唱，官僚可怜虫们
在不停地写拉普报告[①]。

不管你们这些星星想怎样照耀，
都要先按照适当虚线填写；
我们当然会更新你们的许可证，
无论是照耀、写作还是灭绝。

1930年10月，第比利斯

① 拉普（RAPP）是俄罗斯无产阶级作家协会的缩写。在俄语原文里，曼德尔施塔姆使用双关语，把拉普与警察报告两字糅合起来。曼氏夫人回忆说，审查官审阅这首诗，看到“报告”（俄文 rapportichki）这个字时，注意到多了一个“p”，便问：“为什么有两个‘p’?”但接着便明白这是对拉普的挖苦。——译注

列宁格勒[1]

我回到我的城市，我的泪水、
我的纤维、我童年膨胀的腺曾多么熟悉它。

你回来了——那么尽快吞下
列宁格勒河边街灯的鱼肝油。

尽快认出这个十二月的日子，
它的蛋黄多了一层凶险的焦油。

彼得堡！我还不想死——还不！
你知道我的电话号码。

彼得堡！我还有一本地址簿，
通过它我将听到死者的声音。

我住在一个后楼梯上，那撕裂
肉体的门铃就响在我的太阳穴。

抚弄铁镣般铮铮响的门链，

我彻夜未眠，等待那些亲爱的客人[②]。

1930年12月，列宁格勒

① 据普日贝尔斯基解释，当曼德尔施塔姆回到列宁格勒，历史现实把他的一部分生命变成陌生的“你”。列宁格勒上空的太阳是一个蛋黄，游移在无穷的虚空的黑焦油里。这改变对他来说是“第一次死亡”，但他并不害怕这样的死亡，因为彼得堡和他的朋友们在这次死亡后依然可以存在。他担心的是“第二次死亡”，彻底的毁灭，也即诗后半部分暗示的。——译注

② “亲爱的客人”是警察的委婉词。——译注

在那个权力世界里我像一个小孩[①]

在那个权力世界里我像一个小孩；
我害怕牡蛎，不敢正视卫兵，
在精神上不欠那个世界什么，
除了痛苦于想装成别人。
戴着一个海狸皮帽，怪异，愚蠢，阴郁，
我从来不曾站在某家银行的埃及柱廊下，
从来，从来没有一个吉卜赛女孩
随着一百卢布的噼啪声为我跳舞，在柠檬色的涅瓦河畔。
预见未来的处决和暴风雨式的动荡，
我投靠黑海岸边的仙女。
许多迷茫，许多烦恼，许多痛苦，我为那些美人
而受尽煎熬——那些可爱的欧洲淑女！
但为什么这个城市依然控制着
我的思想和感情，仿佛那是它自古以来的权利？
火与冰只会增加它的傲慢，
虚荣而受咒的城市，空心而青春的城市，
是不是因为我小时候见过
戈黛娃夫人[②]赤发蓬松的画像，

而我像一架手摇风琴，不断地重复：
戈黛娃夫人，再见……但我已经忘记了。

1931 年 1 月

① 曼德尔施塔姆夫人说，曼氏对革命所要求的价值改变持非常谨慎的态度，尽管他也确实说了一些空头的应酬话。首先，这表现在他清楚表明他与“旧世界”有过什么样的关系。他在《时代的喧嚣》《埃及邮票》和本诗中都谈过这点。她说，虽然这首诗写于 1931 年，但是它表达的更多是 20 年代的情绪。——译注

② 戈黛娃夫人，11 世纪英国贵妇，相传为敦促丈夫减轻老百姓赋税而裸体骑马穿过考垂文市中心。——译注

主啊，帮帮我

主啊，帮帮我，度过今夜。
我担忧我的生命——你的奴隶。
活在彼得堡就像睡在棺材里。

1931 年 1 月

我们将在厨房里

我们将在厨房里坐一会儿。
白煤油灯散发甜味。

利刃，一个面包……
如果你喜欢，把炉火烧旺。

如果不喜欢，那么拿来细绳，
把包袱捆牢，我们就可以

在黎明前离开这里去车站，
希望那里不会有人发现我们。

1931 年 1 月，列宁格勒

我绝对坦白地告诉你

"我尖锐而虚假的声音"①

我绝对坦白地
告诉你：
一切纯粹是疯狂的雪利白兰地②，
我的天使。

在希腊人看到
美的地方，
羞耻从黑洞里
向我张开大口。

希腊人抢走海伦
越海而去，
但我只有苦盐
含在唇上。

虚无拿脏手
抹我的嘴巴。
贫困猛踹我，说：

“滚吧。”

继续吧，你爱怎样就怎样，
谁在乎呢。
玛丽，我的天使，喝你的酒，
别停下。

我绝对坦白地
告诉你：
一切纯粹是疯狂的雪利白兰地，
我的天使。

1931年3月，莫斯科动物学博物馆

---

① 题词为保尔·魏尔伦的诗句。——译注
② 雪利白兰地，曼德尔施塔姆自造词，含有“荒唐”之意。——译注

我离开我在父辈们宴筵上的席位[①]

我离开我在父辈们宴筵上的席位，
失去我的欢笑和荣誉，
为了未来世代能够有嘹亮行为，
为了部族能够高贵。

这猎狼狗的年代扑在我肩上，
但我的血不是狼的血，
那就干脆像帽子一样把我塞入
西伯利亚荒原那毛皮外衣的袖子里：

这样我就看不见懦夫或黏淤泥，
或车轮下血淋淋的骨头，
这样就只有北极蓝狐彻夜
以它们原始的美丽照耀我。

把我带进叶尼塞河缓缓流动
和松树伸展向星星的夜里；

我的血不是狼的血——
杀我的，只能是我同类。

1931 年 3 月 17—28 日

---

① 此诗是所谓“囚犯”诗或“狼”诗系列的“母题”诗，尚有另一些与此相关的诗。曼德尔施塔姆夫人说，在“狼”诗系列中曼氏常常写到他担心自己会屈服于虚假（“我的嘴巴被谎言扭曲”），写到他需要保存他自己的声音（“请永远保存我的文字”），以及写到他担心自己会像在彼得大帝时代那样被用斧头砍头。另一个明显的主题是为流放做准备，并相应出现森林、树林、木材和相关的意象例如斧柄。另，“我的嘴巴被谎言扭曲”是本诗另一个版本的最后一行。——译注

某个亚历山大·赫尔佐维奇[①]

某个亚历山大·赫尔佐维奇
一个犹太裔音乐家，
他日夜弹奏舒伯特奏鸣曲，
技术精准如钻石。

对音乐他是个殉道者，
把曲子背得滚瓜烂熟。
他练习同一首奏鸣曲，
直到他掌握每个微小细节。

那又怎样呢，亚历山大·心儿佐维奇，
外面早已经天黑，
停下吧，亚历山大·赫尔佐维奇！
你在搞什么名堂我们可不想知道。

只要冰雪覆盖大地，
即便有个意大利姑娘
坐在雪橇上随着舒伯特的音乐飞驰，那又怎样？
那又怎样呢，亚历山大·赫尔佐维奇？

要让我们为那伤心的音乐伤心而死
还真不是一件难事。
无非是把一件黑皮外套收起
挂在衣架上，直到冬天又来。

如此而已，亚历山大·赫尔佐维奇，
这玩意老早以前就弹旧了。
停下吧，亚历山大·谐尔谑维曲，
你在搞什么名堂我们真不想知道。

1931 年 3 月 27 日

① 该音乐家常在曼德尔施塔姆弟弟位于莫斯科的公寓隔壁练琴，曼氏夫妇曾在弟弟的寓所暂住过。——译注

我的睫毛螫痛，一颗泪从心底升起

我的睫毛螫痛，一颗泪从心底升起。
我对要来临的事情已不担心，要来临的是一场风暴，
某个陌生人正急着要我忘记：
我快要窒息，但哪怕放弃生命我也要活下去。

但一听到响声就从床板上霍然坐起，
睁开混乱而惺忪的眼睛四下张望，
这才发现是一个穿破旧外套的犯人在唱着囚歌，
一抹曙光已贴近监狱。

1931 年 3 月

我躲不开莫斯科

我躲不开莫斯科
这马车夫背后的混乱——
我像一颗樱桃悬在邪恶时代有轨电车拉手吊带下
而我不知道我干吗活着。

让我们走 A 线或 B 线，
看看我们谁先死去。
这城市蜷缩如一只麻雀，
或膨松如一个蛋糕，

哪有时间从角落里威胁我们。
你爱怎样就怎样，我可不想冒险。
我的手套没有足够的温暖
让我去游遍娼妓莫斯科的曲线。

1931 年 4 月

请永远保存我的文字[①]

（给安娜·阿赫玛托娃）

请永远保存我的文字，为了它们不幸和烟的余味，
它们耐性的树脂，劳动的良心焦油。
诺夫哥罗德井水味道一定又甜又黑，
反映那颗在圣诞节升起的七鳍之星。

作为回报，父亲、朋友、粗糙的帮手，
我，未被承认的兄弟，家族的逆子，
保证我将为鞑靼人把俄罗斯王子们吊桶般
抛进水里受刑的那些井建造厚实的木架。

要是这些古老刽子手的垫头木也青睐我！
如同人们在花园里玩槌球游戏，瞄准死亡，
我也将这样，在余生穿着铁衫走路，
并在森林里找来一把彼得斩首的斧柄。

1931年5月3日

---

① 据西德尼·莫纳的注释，诺夫哥罗德，中世纪俄罗斯一个共和国，其高峰时期代表俄罗斯的西方倾向和争取民主的力量。鞑靼人一句，暗示政治独裁、镇压和迫害：蒙古人统治时期，如果俄罗斯王子们未能遵守法令等，便会被放到水井里受刑。彼得大帝有时候会亲自做刽子手杀人。木架、斧柄，还有铁衫，都表达了曼德尔施塔姆甘受苦难的决心。——译注

谣　曲

明天，当赞美流溢，
心怦怦乱跳，我将看见你们
(真能吗?)，山区风景的银行家，
花岗岩的大股东，

以教授们，还有埃及学家
和钱币学家们鹰似的眼睛
或生了阴沉外壳，有着
瘦肉和宽胸的鸟儿的视力，

并且像宙斯，用细木工人
那金手指，认真地装好
惊人的圆形镜片——
那是赞美诗歌唱者给先见者的礼物[①]——

然后通过精美的蔡司双筒望远镜——
大卫王昂贵的礼物——
观看花岗岩里所有的皱纹，
和小如昆虫的松树或村庄。

我也将这样，抛弃那些乐土，
以远程视力来超越命运的局限，[2]
我将对犹太长者说“瑟拉”[3]，
感谢他深红色的善意[4]。

那未修过面的群山[5]边缘依然看不清楚，
密灌木丛满是扎眼的刺毛，
绿山谷如新洗过的寓言，
鲜嫩得苦口。

我爱军队的双筒望远镜，
高利贷般放大视野。
世界只剩下两种不褪的颜色：
嫉妒的黄和不耐烦的红。

1931年5月26日

---

① 曼德尔施塔姆夫人说，先见者从赞美诗歌唱者那里获得第二视力的礼物。——译注

② 曼氏夫人说，在《关于但丁的谈话》和《谣曲》一诗中，曼氏谈到牺牲者和但丁《神曲》中的死者被赋予的特殊视力：他们无法看到近旁的事物，却能分辨远方的物体；他们无视现在，却能前瞻未来。——译注

③ 瑟拉（selah），希伯来词，见于《圣经》，据曼氏夫人回忆录第二卷《放弃的希望》英译者注释，一般被解释为音乐中的提示，表示“停下来听”或“停下来想想”，亦有英译本把此字译为“这是为了永远”。——译注

④ 据曼氏夫人回忆录第二部《放弃的希望》，她认为“深红色的善意”是指伦勃朗的画《浪子回家》，父亲全身透出深红色（温暖）迎接浪子。——译注

⑤ 未修过面的群山，意即长满低矮丛林的群山。曼氏夫人说，如果不是因为下面提到绿山谷，就可以把这地方视为亚美尼亚。绿山谷其实是来自克雷洛夫的寓言，寓言中，狐狸在绿山谷中吃了绿葡萄，酸得牙齿受不了。“在诗中，曼逃入开阔的空间，用心灵的眼睛看到这个不可企及的绿山谷，不禁自嘲地想起狐狸的叫喊：‘酸葡萄’——我们（曼氏夫妇）都太清楚根本就没地方可逃。”因此，曼氏夫人得出结论，此诗背景不是亚美尼亚，而是一个笼统化的地中海地点——事实上，基本上是一个梦幻风景。她说，事实上曼氏已经在诗中说出这个如此吸引他的地方的名字——因为他希望见犹太长老，所以这次心灵之旅其实就是“应允之地”之旅。只有通过“未修过面的群山”才有可能抵达那里。诗中表达曼氏想克服空间和时间的障碍，在有生之年像浪子归家那样回到父亲家中，回到他的族人那里。但在看到绿山谷时，理性的冷静声音同时也告诉他有关狐狸与酸葡萄的寓言。——译注

在本世纪诞生的第三十一个年头[①]

在本世纪诞生的第三十一个年头
我回到，不，我被迫
回到佛教的莫斯科[②]，
但此前我倒是见过
阿勒山[③]，丰富如一块圣经时代的桌布，
并在那块叫作亚美尼亚的安息日土地
度过了两百天。
如果你渴了，那里有
库尔德的阿尔兹尼泉水——
它甜美、勇敢又清爽，
是原水之水。

1931 年

---

① 此诗为“弃诗片断”之一。——译注

② 曼德尔施塔姆夫人说，曼氏永远重视生命的运动，反对静态，反对当时知识界所理解的佛教，他对获得普世幸福不以为然，如同他对追求个人幸福不以为然（“为什么你觉得你应当快乐幸福？”），幸福的概念对他来说是整个知识界从 19 世纪继承下来的遗产中最小资的东西。——译注

③ 阿勒山，位于土耳其东部，一译“亚拉腊”。据《圣经》所载，大洪水后诺亚方舟即停于此。——译注

现在我爱莫斯科的法律[1]

现在我爱莫斯科的法律，
现在我不渴望阿尔兹尼泉水——
在莫斯科有桂樱和电话，
日子都以处决来区别。

1931 年

① 此诗为“弃诗片断”之二。——译注

我不再是孩子[①]

我不再是孩子。
　　　　　　　　　你，坟墓，
别妄图教训一个驼背。安静！
我替每一个人说话，以如此强大的力量，
我的上腭将变成天空的穹顶，双唇
破裂如粉红色黏土。

1931 年 6 月 6 日

① 此诗为“弃诗片断”之四。——译注

那不是我用沾满烟垢的落日之血写诗[1]

那不是我用沾满烟垢的落日之血写诗，
那不是姑娘们在噼噼啪啪数落
　　　　　　　　算盘的珠子——
那是人类灼热而扭曲的嘴巴，
越来越义愤，在说“不”。

1931 年

---

① 此诗为“弃诗片断”之六。——译注

劳动的僧人[①]

劳动的僧人向前走，
像顽皮的儿童。
极地蓝狐和湖泊和宫殿——
只有某个有权力的人在唱歌……

——但是，我已听过那嗓门，所以
我将走向有斧头的地方
自己完成他的演说……

1931年

① 此诗为“弃诗片断”之八。——译注

安静！时间正在余烬中歌唱[①]

安静！时间正在余烬中歌唱——
不唱什么，也不为谁唱。

1931 年

① 此诗为“弃诗片断”之九。——译注

嘘！我什么也不相信[①]

嘘！我什么也不相信，到目前为止——
我是一个行人，像你，就像你，
但我的羞耻又回来找我
在你那扭曲、威胁的嘴巴上。

1931 年

① 此诗为“弃诗片断”之十。——译注

在穆斯林土地[1]

在穆斯林土地
一个高山隘口，
我坐下来与死亡宴饮，
感受梦中才有的恐惧。

从不知道哪里来了一个马车夫，
他的脸曝晒皱褶如葡萄干，
他寡言而阴郁
像魔鬼的雇工。

接着他用阿塞拜疆语咕哝一声“车”，
然后呀呀呀赶他的马，
同时他顾忌地不让我们看到他的脸，
仿佛它是一朵玫瑰或一只癞蛤蟆。

他把可怕的容貌
藏在皮面具后，
他挥鞭赶马，
要奔向某个地方，直到它们撑到最后一口气。

我们前俯后仰，
没办法从山边下来，
一辆辆马车一闪而过，
路边旅馆一闪而过。

我如梦初醒。“嘿，朋友，停车！”
该死，我想起来了：
他是黑死病主席，
他和他的马迷了路。

他那面容损毁的命运，
正驱赶我们，取悦他的灵魂，
好让又苦又甜的大地
像旋转木马无休止地旋转。

在纳戈尔诺－卡拉巴赫，
在食肉城镇舒沙，②
我经历这场恐怖，
它生来就在我灵魂里。

四万个死亡窗口，
从八方望着我们，
人们一生工作成果那无声的空壳
被埋在山上。

房屋不知道羞耻地脱光，

赤裸裸一身红色站着，
而天空那蓝墨的黑死病
隐约闪烁。

1931 年

---

① 据英译者麦凯恩说，此诗中一个词“araba”意思是“一个阿拉伯人的”，但是在土耳其语/阿塞拜疆语中，该词亦被广泛用于称呼“马车”。——译注

② 在 20 世纪 20 年代，纳戈尔诺-卡拉巴赫城镇舒沙的亚美尼亚人遭屠杀。——译注

温柔小牛犊[①]

温柔小牛犊，
活泼阉公牛
和船队般的
母水牛和公水牛，
最后是牧师般的公牛——

像一大群人
向前挤逼，引起大地
汗涔涔，层层叠叠的畜生
迎面朝我们滚滚驶来，
像一支尘土舰队。

1931 年 6 月

① 此诗在一些版本中被附于《在穆斯林土地》之后，以分隔线隔开。据贝恩斯解释，诗人在《在穆斯林土地》中充满恐惧和无助，直到在《温柔小牛犊》中，看到大群人和动物迎面而来，才获解救。——译注

午夜莫斯科[1]

午夜莫斯科。奢华的佛教夏天[2]。
街道在收紧的铁靴声中岔开。
长满黑痘的林荫环路纵情享乐。
莫斯科就连夜里也不能安静，
和平从马蹄下逃逸。
你会说：在某处，在射击范围内，
两个小丑安已准备就绪——比姆和博姆[3]，
正忙着摆弄梳子和小锤子，
一会儿可听到口琴呻吟，
一会儿是小孩的微型钢琴：
哆—唻—咪—发
和嗦—发—咪—唻—哆。

曾经，在我年少的时候，
我会穿上橡胶粘成的外衣
走上宽阔伸展的林荫大道，
一个吉卜赛女孩的长裙裾
扑拍她火柴杆似的双腿，
那头被猎获的熊在漫步——
大自然永恒的孟什维克[4]。

桂樱的浓味四溢……
你以为你自己要去哪里？没有桂，也没有樱……

我要拧紧厨房钟
那狂野摆动的瓶形锤。
时间的毛皮太粗糙，
但我还是喜欢捉它的尾巴。
毕竟它的飞逝不是它自己的过错，
然而它还是有点欺骗我们。

滚开！别恳求，别抱怨！嘘！
别唠叨！
难道平民知识分子
猛踩破靴，就是为了让我现在背叛他们？
我们会像步兵那样死去，
但我们不会替抢劫、零工或谎言唱赞歌。

当我死了，你将用我们那张
蜘蛛网似的苏格兰披巾覆盖我，像一面军旗。
来，老朋友，让我们
为我们这大麦的悲伤——
干杯！

如同被氯仿麻醉过，
从拥挤、过劳的电影院涌出
僵死的人群。他们青筋暴起，

他们多么需要氧气！

你该知道了，我也是当代人。⑤
我生活在莫斯科服装合作社时代。
瞧我身上这件夹克竖起粗毛；
瞧我怎样昂首阔步和说话！
要是你想把我从这时代撕下，
我发誓你将扭断自己的脖子。

我跟这时代说话，但是
它的灵魂真的全是大麻吗？
它真的是无耻地靠我们过活
如同西藏寺庙内皱巴巴的小野兽？
它搔痒，然后跳进镀锌的浴盆——
再让我们看真切些，玛丽亚·伊万娜⑥！

虽然这可能很侮辱人，但是你该知道
工作也有淫荡，它就在我们血液里。

天开始亮了。花园如绿电报嗡嗡作响。
拉斐尔去探访伦勃朗，
他和莫扎特都爱莫斯科——
为了它淡褐色的眼睛，为了它夏天的醉态。

如同气体邮件，
或黑海水母冷盘，

微风在一条空气传送带上
从公寓逛向公寓，
像五月游手好闲的学生……

1931 年 5 月—6 月 4 日

---

① 此诗因与《今天你可以把手指》《我还谈不上是家长》写作风格相近，被学者们称为“诗漫步”。——译注

② 佛教夏天，见《在本世纪诞生的第三十一个年头》注。——译注

③ 比姆和博姆，指比姆·博姆，著名小丑，以扮演博姆闻名，在“肃反”中被枪杀。——译注

④ 孟什维克，意为反对派或对立面。——译注

⑤ 参见《不，我不是谁的同代人》。这里的“当代人”亦可译为“同代人”。曼德尔施塔姆夫人说，曼氏这个“时代的病儿子”（《1924 年 1 月 1 日》）突然明白，他才是健康的。——译注

⑥ 玛丽亚·伊万娜似是一个泛称。——译注

今天你可以把手指

今天你可以把手指
浸入莫斯科河，做几个
强盗克里姆林宫的移印图案。
这些淡草绿色鸽屋是如此——
你真应该给它们撒些小米或燕麦！
在这些未成年人中我们算什么？伊凡大帝——
他那过度生长的钟楼
耸立在那里如同这时代：一个
庞大的傻瓜。把他送去外国
留学吧。但又有什么用呢！……丢脸。

莫斯科河浸在四个大烟囱的浓雾里，
整座城市敞开在我们眼前——
洗澡的工厂和郊外花园。
这不就像把一架巨大的
音乐会钢琴的红木盖
掀开，然后探入
它那声音洪亮的深处？
白卫军士兵，你们看到了吗？
你们听到莫斯科的钢琴了吗？咕，咕，咕！

看来我们这时代就像其他时代
是非法的。如同一个小男孩跟着大人
踏入堆起皱纹的水里，
看来我将走入未来，
但看来我将见不到它。

我再也跟不上那些年轻人，
当他们进入运动场的直线。
在黎明时被摩托车的信号惊醒
我也不会从床上跳起来，
我甚至不会把哪怕一个淡影
投进那些立在鸡脚上的玻璃宫。

我呼吸一天比一天困难，
但照样不能耽搁——
因为只有人和马的心脏
是为竞赛的快乐而生。

但浮士德的魔鬼——干枯，保存得很好——
又一次扑在这老头的肋骨上，
敦促他去划一会儿船，
或去麻雀山挥挥手
或乘电车在莫斯科城里扬扬鞭……
莫斯科这一天正忙着。这一天她当保姆，

正绕着四万个摇篮团团转。
她孤身一人，手里拿着纱线。

1931 年 7—8 月

好一个夏天[①]

好一个夏天！年轻劳动者那鞑靼人的脊背在发光。
女人的方围巾绕在他们脖子上。
他们有狭窄、神秘的肩胛骨
和孩子似的锁骨。祝愿
这强大的异教脊骨，
它将背负我们不止一百年，不止两百年！

1931 年 7—8 月

① 有些版本把此诗置于《今天你可以把手指》一诗结尾，以分隔线隔开。——译注

我还谈不上是家长

我还谈不上是家长，
还只是半受尊敬的年龄：
人们仍然用电车上争吵的野蛮话
对我冷言冷语——“真是个混蛋。”
嗯，没什么，我道歉，
但骨子里我一点没变……

当你反省你与世界的联系，
你自己也不敢相信——荒唐！
一支午夜进入某人公寓的钥匙，
一枚放在衣兜里的银币，
一部黑帮电影的胶片。

听见一阵歇斯底里的铃声，
我就像一条小狗扑向电话，
一个声音用波兰语说——“谢谢你，先生”——
给我一通温和的长途呵责，
或一个不会兑现的诺言。

你不知道你还能喜欢什么，

在这些圣诞爆竹和烟花中间，
你怒火中烧，但很快平息，
只剩下迷茫和失业。
去找他们讨个火，别找我。

有时候我苦笑，然后摆出
一副庄重的架子。
带着白柄拐杖出门——
听到小巷里的奏鸣曲，
在食摊前咂嘴巴，
在污秽的门道里乱翻书，
我不是活着却像活着。

我走向麻雀或记者，
我走向街头摄影师：不到五分钟，
像从水桶里捞出铲子，
我就可以拿回我的形象——
背对沙萨山的紫锥。

要么我做跑腿去暖洋洋的地窖，
那里干净而诚实的中国人
用筷子夹起丸子，打细长的纸牌
和喝伏特加，像来自
长江的燕子。

我喜欢电车嘎嘎吱吱驶走

和沥青的阿斯特拉罕鱼子酱，
覆盖着稻草，像铺上席子，
让我想起筐装的阿斯蒂白葡萄酒
和用于加固列宁水泥房[①]的鸵鸟羽毛。

我进入博物馆辉煌的兽窝，
那里卡谢伊[②]的伦勃朗作品鼓胀起来，
与科尔多瓦皮革的色泽争光。
我惊奇于提香的尖帽，
赞叹色彩缤纷的丁托列托
一千只尖叫的鹦鹉。

我多想放松玩乐，
多想变得健谈，说真话。
将悲伤打发到地狱和沼泽里去，
然后牵起某个人的手说：
“宽厚点，我们在同一条路上。”

1931 年 8 月 21 日—10 月 19 日

---

① 当时莫斯科的低成本房建工程。——译注
② 卡谢伊，俄罗斯民间传说中的山中怪兽，也是吝啬鬼和宝物守护者。只要其灵魂不死，其肉体亦不死。而其灵魂以多种形式隐藏起来，包括以猫的形式。——译注

坐下，杰尔查文，别客气[①]

坐下，杰尔查文，别客气，
你比狐狸还狡猾，朋友，
你喝的鞑靼人马奶酒
还没有变酸。

把瓶子传给雅泽科夫，
给他一杯。
我爱他咧嘴而笑，
他陶醉时搏动的血脉
和他那白炽的诗歌。

雷霆活在它的轰隆声里：
为什么要关心我们的灾难？
它每次怒吼时
都用舌头细品
麝香葡萄酒的味道和颜色。

雨点跳跃奔驰。
冰雹成群赛跑。
有一种城市味，洪水味，

有一种味，既不是茉莉，也不是
莳萝，也不是橡树皮。

1932 年 7 月 3—7 日

① 此诗为《关于俄罗斯诗歌的诗》之一，诗中的杰尔查文（1743—1816）和雅泽科夫（1803—1846）均为俄罗斯诗人。——译注

莫斯科及其郊区[①]

莫斯科及其郊区
开始发出沙沙响，飒飒声，
直透其根茎，
如同微颤的冷杉叶。

雷霆滚动它的手推车
沿着木头小道，
大暴雨上下踱步
挥舞流溢的长鞭。

有那么一会儿，大地
似乎倾斜、弯腰、屈膝，
当云团大军列队出动
穿着刽子手的软鞋。

雨点跃跳奔驰，
冰雹成群赛跑，

流汗如奴隶，嘚嘚如马蹄
和众树的谣言。

1932 年 7 月 4 日

① 此诗为《关于俄罗斯诗歌的诗》之二。——译注

致德语

给 B. S. 库津

我摧毁自己，与自己作对，
像一只飞蛾在午夜扑向灯光。
我要走出我们的语言，
因为一切都把我与它永远联系起来。

在我们之间是没有奉承的赞美，
是没有虚伪的真正友情。
让我们向西方一个家庭
学习严肃和光荣。

诗歌啊，风暴对你有好处！
我想起一个德国军官[①]。
玫瑰盘绕他的剑柄，
刻瑞斯[②]永远挂在他嘴上。

歌德还不为人知，

法兰克福父老们打哈欠，
有人写赞美诗，马匹腾跃，
字母般在原地跳舞。

朋友们，我们在哪座英烈祠
一起敲碎过胡桃？
我们有过什么自由，
你们为我留下什么地标？

你们直接从一部年鉴
最初几页的新颖性
奔入坟墓，如同奔入酒窖
去打一壶摩泽尔酒。

一门外语将成为我的保护层；
因为早在我敢出生之前，
我是一个字母，我是葡萄园里一行诗，
我是一本你们梦想的书。

当我没有面孔没有形体地睡着，
是友情把我唤醒，如同枪声。
夜莺之神啊，给我皮拉德斯③的命运，
或干脆拔掉我的舌头——我不需要它。

夜莺之神啊，他们依然征募我

奔赴新瘟疫，奔赴七年屠杀。
声音已收窄，词语沸腾和反叛，
但你活着，而有你同在我就安心。

1932年8月8—12日

① 一个德国军官，指克莱斯特，德国浪漫主义诗人，死于德国与俄罗斯的七年战争。——译注

② 刻瑞斯，谷牧和耕作之神。——译注

③ 皮拉德斯，希腊神话人物，友谊的象征。曼德尔施塔姆在亚美尼亚遇见生物学家库津，后者喜爱德语诗歌。两人的谈话激发了曼氏的想象力，他把重新执笔写诗，把“成熟期的曼德尔施塔姆”归功于库津的刺激。——译注

公寓静如一张纸①

公寓静如一张纸，
空白，没有任何装饰，
你能听见水汽
在散热器里汩汩流淌。

公寓里井然有序，
电话机像蹲着的冻青蛙，
但我那些目睹这一切的随身物品
都乞求尽快搬走。

受咒的四壁太薄，
但已没有地方可逃，
我被迫去娱乐某个人，
像傻瓜吹奏一把梳。

而且，比学生唱歌还粗劣，
比共青团牢房更简陋，
我教绞刑吏啁啾，
虽然他们还不会拼写；

我读定量配给的书籍[2]，
听蛊惑民心的演说，
唱威胁的摇篮曲
教富农的儿子懂得恐惧。

某个写实派[3]，
某个集体农场的亚麻梳理工，
某个墨水中掺血的人，
才不想有这样的下场。

某个在一场清洗之后
像一颗边缘上的盐留下来的
诚实的叛徒，一个家庭好男人，
该拍死这只飞蛾。

多少酷刑和愤怒
隐藏在每一个暗示里，
仿佛涅克拉索夫[4]的铁锤
还在黑暗中敲钉子。

让我们拿你来开始这件事吧，
在这绞索悬了七十年之后
现在再适合不过，你这邋遢的老头，
是你穿起靴来跺脚的时候了。

不是赫利孔山的灵感之泉[5]

将爆破这不堪一撞的灰泥墙，
而是古老的恐怖激流
将淹没这间凶残的莫斯科房子。[⑥]

1933年11月，莫斯科

---

① 据曼德尔施塔姆夫人说，此诗是曼氏对帕斯捷尔纳克一句话的回应。帕氏（帕斯捷尔纳克）访问曼氏夫妇的公寓后，临走时说："现在你有一套公寓，可以写诗了。"曼氏在帕氏走后非常恼火，因为他无法忍受人们把不能写作或工作归咎于外部环境，例如恶劣的生活条件或缺钱。他有一个深刻的信念，认为没有任何事情可以妨碍一个艺术家做他想做的事情，相应地，物质舒适本身也不是创作的刺激剂——尽管他并不反对舒适本身，他自己也不会对舒适嗤之以鼻。那时，环视四周，作家们都为了生活中的优裕物质而激烈竞争，而其中竞争最激烈的就是一套公寓。帕氏的话刺痛曼氏：他诅咒那套公寓，说它应归还给那些应得的人，"那些诚实的叛徒，写实派"，诸如此类的趋炎附势者。读者不妨注意"可以写诗了"与"静如一张（白）纸"的对比。——译注

② 曼氏夫人说，曼氏与一位朋友在莫斯科读只向作家开放的精品书店的定量配给的书籍，以此取乐。——译注

③ 曼氏在多首诗中把帕斯捷尔纳克与绘画中的具象派和印象派联系起来，这里的"写实派"亦可能是暗指帕氏。参考南希·波拉克《读者曼德尔施塔姆》第四章。——译注

④ 涅克拉索夫是19世纪俄国诗人，熟悉农民与纤夫的痛苦生活。——译注

⑤ 简称灵泉。古希腊神话中，珀伽索斯在赫利孔山踏出这个山泉，据说诗人饮此泉水即可获得灵感。——译注

⑥ 结尾这节再次呼应开头，这公寓没有灵感，只有恐怖。——译注

鞑靼人、乌兹别克人和涅涅茨人

鞑靼人、乌兹别克人和涅涅茨人
和整个乌克兰民族，
甚至伏尔加河畔的德国人
都在等待他们的传译员。

也许就在这一刻
某个日本人正把我
翻译成土耳其语
且看穿我的灵魂。

1933 年 11 月

我爱那织物的外观[①]

我爱那织物的外观，
在喘息两次、三次
甚至四次之后
长长地透出一口气；
那感觉多好受，多难受，
当那个时刻接近
突然间我的咕哝声中
有一个弧形在扩张。

1933年11月，莫斯科

---

① 选自《八行诗节》。由于这组诗同一首诗有不同版本和变体，故这里避免使用“之一”“之二”等。据波拉克说，曼德尔施塔姆夫人在《第三书》中认为，曼氏的《八行诗节》组诗是“关于认知”的诗。波拉克对这组诗进行详尽解读，认为这组诗以逆反的方式，回溯创作过程。第一首第一行“我爱那织物的外观”即是已完成的作品，接着开始回溯。这组诗有从外部和明亮朝内部黑暗运动的倾向，亦代表从完成作品朝早期阶段——诗歌素材——运动的倾向。——译注

第六感的微小属性[①]

第六感的微小属性，
蜥蜴冠上的眼睛，
蜗牛和贝壳的静修院，
天线闪烁的小谈话：
那不可获得的事物如此贴近！
你不能破解它或观察它，
仿佛有一张纸条塞进你手里
要求你立即回答。

1933 年 5 月，莫斯科

---

① 选自《八行诗节》。——译注

克服了大自然的顽固[①]

克服了大自然的顽固，
那只坚硬的蓝眼穿透它的法则。
岩石在地壳内部扮演神圣愚人，
呻吟声从它胸里涌出如矿石；
模糊的胚胎伸展
像一条弯成角状的道路——
必须领会内部空间的过剩
以及花瓣和穹顶的承诺。

1934 年 1 月，莫斯科

① 选自《八行诗节》。——译注

当你毁掉所有草稿[1]

当你毁掉所有草稿，
你心中牢牢维系一个句子，
没有其他冗长的笔记，
于内部黑暗中自成一体；
当那个句子独立存在，
眯起眼睛，依靠自身的力量，
这时它与纸的关系
就像穹顶与天空。

1933 年 11 月，莫斯科

---

① 选自《八行诗节》。——译注

水上的舒伯特和鸟声中的莫扎特[①]

水上的舒伯特和鸟声中的莫扎特，
还有吹着口哨走下蜿蜒小径的歌德，
甚至用胆怯的脚步思考的哈姆雷特
全都感到人民的脉搏并信任群众。
就像低语也许在有嘴唇之前就已形成，
而叶子早在有树之前就已打转和飞旋，
同样地，那些我们的经验赋予的东西，也许
在我们有这类经验之前已获得它们的特征。

1934年1月，莫斯科

① 选自《八行诗节》。——译注

告诉我，荒漠的制图员[①]

告诉我，荒漠的制图员，
流沙的几何学家，
这些轮廓线的奔放自由
是否真的强过风吹？
——他那些犹太人问题引起的恐慌
不关我的事——
他从胡扯创造经验，
又啜饮从经验创造出来的胡扯。

1933 年 11 月

---

① 选自《八行诗节》。此诗上半节与下半节是对话。下半节的第三人称既可指“它”，也可指“他”。曼德尔施塔姆夫人认为是指“它”，并说“它”是上半节提到的“风”。波拉克同意曼氏夫人关于该第三人称是指“风”的论断，但同时认为也有可能是指诗人，也就是上半节开头的“我”。如波拉克解释成立的话，则下半节的回应（即几何学家的回应）就不是直接回应诗人，而是像他不关心犹太人问题一样冷漠地对待诗人，虽然回应却是不屑地回应，而这亦符合他的语气，因为在他看来，这类问题是循环重复的。虽然理清了脉络，但是整首诗说什么仍然是个问题。这首诗已被证明是对帕斯捷尔纳克的回应。那么下半节会不会是指帕氏呢？曼氏夫人回忆说，帕氏对曼氏那首反斯大林诗的反应是：“他是一个犹太人，怎么可以写这样的诗呢？”曼氏夫人不明白这有什么关系，并表示她愿意再背诵一遍给帕氏听，以便他指出一个犹太人这样说有什么问题，但帕氏恐慌地拒绝。曼氏夫人回忆说，在另一个场合，曼氏谈到帕氏时问道：“为什么他非得改变信仰呢？他已经是一个艺术家了，还需要什么中介呢？”帕氏是犹太人，后来改信基督教。——译注

我从空间出来[1]

我从空间出来
进入长满杂草的数量花园，
撕掉虚幻的忠诚
和动机的自我意识。
在孤独中，无限呵，
我阅读你的文本：
一部野生无叶的治疗之书，
一部根茎巨大的问题之书。

1933 年 11 月，莫斯科

① 选自《八行诗节》。波拉克解释说，诗人为了“克服自然的顽固”，于是走出来，旨在获得认知，以便“理解内部空间的过剩”。花园象征无限，同时花园又是一个有边界的领域，本身有着无限的内部向度——生长的向度，未来的向度。前面《水上的舒伯特和鸟声中的莫扎特》中提到无树之叶，那是指书页（叶），暗示自然中文化无所不在，而在这首诗中，无叶（页）之书是自然之书。花园是自然的一件作品，其边界如同被装订，表示自然变成文化。——译注

我们活着，但感觉不到脚下的土地①

我们活着，但感觉不到脚下的土地，
十步之外便没人听见我们。

每当开始要说点什么——
便会提起克里姆林宫里那个山地人。

他的手指黏滑如鼻涕虫；
他的话绝对如秤锤。

他的蟑螂胡子大笑，
他的靴尖闪亮。

他有一些细脖子的头目围绕他，
他玩弄这群半人类的奴性。

他们叽喳、咪喵、呜咽。
只有他拍桌子怒吼。

他打造命令如打造马蹄铁，
击中下身、前额、眼睛、太阳穴。

当他处决某人，那是奥塞梯人[2]
把紫莓放入口中细嚼。

1933年11月

① 曼德尔施塔姆因写此诗而首次被捕。——译注
② 奥塞梯人，亦有译本译为高加索人。——译注

如同溪水从高山

如同溪水从高山
隙缝里流出来，味道矛盾，
半苦半甜，两个面孔，

我也是这样，在现实中
每天死去一千次，被剥夺了
日常的呼吸自由，失去了目标。

1933 年 12 月

1934年1月10日

几个随意的句子在我脑中萦绕，
我不断重复：“我的悲哀满含脂肪。”
啊，上帝，死亡的黑蜻蜓眼睛这么蓝，
这么胖，而蓝天又这么黑。

哪里是长子的权利？哪里是仪式的欢乐？
哪里是眼底高飞的雏鹰？
哪里是知识？或隐秘洞见的苦味？
哪里是清晰的外形？或谈话的坦率，那种

如滑冰者诚实地拐来拐去，
融入一片蓝色火焰，
冰刀在霜冻的空气中编织
冰河里玻璃哐当的碰击声的坦率？

他半小时抵上半世纪，
领会三层盐的溶解，
德国哲人的声音
和俄罗斯长子出色的争辩。

音乐突然从埋伏中奔出，
像猛兽从小提琴里跃出，
不是为惬意，不是为悦耳，
而是为肌肉和搏动的太阳穴而流动。

它流动，为温柔、刚摘下的面具，
为没有握笔的石膏手指，
为肿大的双唇，为粗纹理的和平与善
那紧紧的搂抱。

外套的毛皮呼吸，肩与肩相挤，
健康的朱砂沸腾——血与汗：
包裹在睡梦里的梦，梦里
梦着向前移动半步。

一个站在人群中的雕刻家
准备把美术师烦琐地
在涂黑的纸上描绘的形象
转化到纯铜上。

仿佛悬吊在我自己的眼睑下
成熟、膨胀，直到我掉落，
我正担当同一出戏里的所有角色，
演出我们今天知道的唯一情节。

1934 年 1 月 16 日

当一个灵魂，害羞又快速

当一个灵魂，害羞又快速，
突然看见事物的深度，
便会沿着蜿蜒的小道急奔
而看不清楚这条死亡小道。

他似乎避开了死亡，
以一个新手那动人的谦逊，
或第一个回荡在辉煌聚会周围的声音，
那声音流动，进入小提琴弦那纵向的森林。

于是，琴弓的声音来回懒散地流动，
先以亚麻，然后以纤维衡量自己，
像树脂，几乎不敢相信它的流动
来自空无，来自一根线，来自黑暗。

它流动，为温柔的，刚除下的面具，
为没有握笔的石膏手指，
为肿大的双唇，为粗纹理的和平与善
那紧紧的搂抱。

1934 年 1 月

愧疚目光的女能手[①]

愧疚目光的女能手，
娇小双肩的继承人，
男性危险的顽固被驯服了，
而言语，这溺水的女人，不出声。

鱼儿游动，鳍发光，
鳃鼓起。你拿去吧，
用你身上的肉做的面包
喂它们无声的“O”嘴。

我们不是金鱼，
而是情同姐妹，
温暖身体的软弱肋骨
和潮湿眼睛的无用闪光。

你睫毛像罂粟花，打开一条危险小径。
为什么我像一个土耳其士兵
爱上微小易逝的红——
你唇上一抹脆弱的新月？

不要生我的气，亲爱的土耳其女人，
我将把自己与你缝在一个麻袋上，
吞下你黑暗的话，
为你喝危险的水。

你，玛丽亚，垂死者的救助。
人不能等死，必须睡觉。
我站在你无情的门槛前，
走开。走吧。留下吧。

1934年2月

① 此诗系写给玛丽亚·彼得罗维赫（1908—1979），其是俄罗斯诗人和翻译家。——译注

选自《沃罗涅日笔记本》

你消瘦的双肩是用来被鞭子抽红的

你消瘦的双肩是用来被鞭子抽红的，
用来被鞭子抽红，在严寒中闪烁火焰。

你小孩子的手指是用来举起镣铐的，
用来举起镣铐，和用来结绳。

你温柔的脚底是用来走在碎玻璃上的，
用来走在碎玻璃上，踏过淌血的沙。

而我是用来像一支为你点亮的黑蜡烛那样燃烧的，
用来像一支不敢祈祷的黑蜡烛那样燃烧。

1934 年 2 月

黑土地[①]

太受尊崇，太黑，太过度消耗，
一切整洁的，空气流通的，都枯萎了；
一切崩塌，汇集成一个合唱团——
我的土地和自由[②]的阴湿泥块！

在早春耕作的日子，土地黑得发蓝。
这里是不黩武的劳作。
一千座谣言的土丘被犁开：
这局限之内有某种无限。

然而土地是一种错误，是钝斧背，
无动于衷，不管你怎样屈膝求她。
她用发霉的长笛锐化我们的听觉。
她用早晨的单簧管冻结我们的耳朵。

犁铧下翻出的肥土层多么清新，
四月里被翻起的大草原多么寂静！

致敬，黑土地，请强大，睁开警惕的眼睛，
在劳作中保持黑声音的沉默。

1935 年 4 月

---

① 曼德尔施塔姆在《词与文化》一文中曾说：“诗歌是一张犁，翻出时间，使其深层、其黑土露在最上面。”——译注

② 土地和自由：民粹主义者的“土地和自由”大会于 1879 年在沃罗涅日举行。——译注

我的耳机，我的小告密者[①]

我的耳机，我的小告密者，
我会想念沃罗涅日那些短暂、甜蜜的夜晚：
还未被法国香槟灌醉的声音
和来自红场的午夜警笛……

地铁怎样了？安静，什么也别说，
别问花蕾绽放了没有……
克里姆林宫的钟声
是空间的语言压缩成一个点。

1935年4月

---

① 在午夜，莫斯科电台播出国歌和红场塔楼的钟声，曼德尔施塔姆用耳机听广播。“耳机”在俄语中与“告密者”为同一个词。据说曼氏常常听电台音乐，并“爱上电台”。当时莫斯科第一条地铁线正在竣工中。——译注

让我走，送我回去，沃罗涅日

让我走，送我回去，沃罗涅日：
你将弃置我或失去我，
你将让我伏毙或把我归还。
沃罗涅日，你是怪念头，沃罗涅日，你是渡鸦[①]和锋刃。

1935 年 4 月

① 渡鸦暗指秘密警察的小型客货车。——译注

这是什么街

这是什么街?
曼德尔施塔姆街。
什么鬼名字!
不管你怎么扭
它听上去总是弯的。

他一点也不是直线[1],
他的道德不是百合花。
所以这条街,
不如说这条沟,
才会起用他的名字:
那个曼德尔施塔姆。

1935 年 4 月

① 曼德尔施塔姆夫妇在沃罗涅日的住所在“直线街”。——译注

我住在周围有菜园的地方

我住在周围有菜园的地方——
那里看守人伊万①可以逛荡。
风在工厂里免费工作。
木头小道穿过沼泽地奔向远方。

草原边缘那黑色、犁过的夜晚
已冻结成玻璃珠似的小闪光。
墙后坏脾气的房东②穿着俄罗斯靴
沉重地来回踱步。

弯曲的地板翘起来，
也是甲板，也是棺盖。
我在陌生屋子里辗转不眠，
我的生命不在我身边。

1935 年 4 月

---

① 看守人伊万是俄罗斯民歌中的主角，因爱上王子的妻子被绞死。——译注

② “坏脾气的房东”是一个农学家，据说他失望地表示：“我以为你们会有像克列托娃和扎东斯基那样的作家来看你们。”两位作家都是沃罗涅日作联成员。——译注

我必须活着，虽然我已经死了两次

我必须活着，虽然我已经死了两次，
洪水已经使这座城镇陷入半疯癫。
瞧它多好看，那快乐、颧骨突出、
肥沃的土层在犁铧下多欢欣。
四月的草原被翻了一遍，多寂静。
而天空，天空——你的米开朗琪罗！

1935 年 4 月

是的，我躺在大地里，我的嘴巴在翕动

是的，我躺在大地里，我的嘴巴在翕动，
我说的话，每个学童将默默记诵：
大地在红场比任何地方都要圆，
它斜坡的自由度愈变愈硬。

大地在红场比任何地方都要圆，
它斜坡的自由度意外地开阔，
一直朝着田野伸展，
只要大地上最后一个奴隶还活着。

1935年5月

剥夺了我的四海、我的远走和高飞

剥夺了我的四海、我的远走和高飞，
只允许我踟蹰在暴烈的大地上，
你得到什么？一个辉煌的结果：
你不能停止我双唇翕动。

1935 年 5 月

卡马河[1]

Ⅰ

眼睛在卡马河上渐渐黯淡，
古橡林膝盖的城镇跪下来。

满身蜘蛛网并蓄着胡子的燃烧的冷杉树丛
奔入水中时又年轻起来。

水跟一百零四支桨碰击，
载着我们上下来回于喀山与切尔登[2]。

我就这样顺流而下，窗帘垂落，
窗帘垂落而头脑燃烧。

妻子和我在一起，五夜无眠，
五夜无眠，看守着三个看守。

Ⅱ

当我离开，凝望针叶林的东方——
汹涌的卡马河扑向浮标。

要是我可以用篝火把那座山剥光，
但恐怕来不及给树林下盐。

要是我可以在这里落脚——你明白吗？——
在这常年有人居住的乌拉尔。

要是我可以把这面疯狂、平静的镜子
稳妥地藏在大衣里。

1935 年 4—5 月

---

① 卡马河，俄罗斯中西部河流，伏尔加河最大的左支流。——译注
② 喀山与切尔登皆为俄罗斯城市名。——译注

曾经，我的国家跟我说话[①]

曾经，我的国家跟我说话，
溺爱我，轻轻训斥我，不读我；
但是当我长大，成了目击者，
它立即注意我，立即像一块镜片
使我着火，用来自海军部大楼的反光。

1935 年 5—6 月

---

① 此诗为《诗节》之六。——译注

我不是被抢劫，我不是悲惨[1]

我不是被抢劫，我不是悲惨，
只是彻底地被压垮。
我的弦绷紧如伊戈尔之歌[2]。
恢复呼吸之后
你在我声音中听到干燥的潮湿，
它来自一亩亩黑土地——我最后的武器。

1935 年 5—6 月

---

① 此诗为《诗节》之八。——译注
② 伊戈尔之歌，指《伊戈尔远征记》。——译注

日子有五个头[①]

日子有五个头。连续五天
我收缩，骄傲于空间，因为空间靠酵母长大。
做梦比听大，听比做梦老，混合起来就变得敏感……
大路以马车追赶我们。

日子有五个头，他们被跳舞搞疯了，
他们，一大群戴黑帽的骑兵和步兵，
在白夜里——不，在利刃中——
眼睛变成针叶林果肉。

啊，给我一寸蓝海，一针眼的量已足够，
这样我俩就可以在时间的护送下扬帆而去。
这是俄罗斯一个干薄荷和木汤匙的故事，
你们在哪儿，三个政治保卫局的好家伙？

为了不让普希金那些奇妙的货物落入寄生虫手里，
一代普希金学者[②]都学会穿起藏着左轮枪的外套阅读和写作——
白牙诗篇的年轻爱好者们，
啊，给我一寸蓝海，一针眼的量已足够！

火车驶向乌拉尔。恰巴耶夫[3]在有声电影里说话，飞马般
奔入我们张开的大口——
当我们沉浸在木屋后的银幕上
我们也纵身跃上马鞍。

1935 年 4—5 月

---

① 五个头，指曼德尔施塔姆夫妇和三个押送他们的卫兵，又说旅程共五天，如同一只五头怪兽。——译注

② 普希金学者，有一个卫兵曾大声诵读曼德尔施塔姆夫人随身带去的普希金诗集里的诗。——译注

③ 恰巴耶夫，苏联电影《恰巴耶夫（夏伯阳）》的主人公。电影结尾时，红军指挥官恰巴耶夫中弹，溺毙于水中。——译注

纪念奥尔加·瓦克塞尔[1]

是否有可能赞美一个死去的女人?
她是她家中的外人，充满力量。
对一个陌生人强烈的爱
把她带往炽热的坟墓。

她眼眉那坚硬的黑燕子
从坟墓里飞临我，
告诉我它们躺太久了
在它们斯德哥尔摩的冷床。

你家人自豪于一把祖先的小提琴——
你那俯向它的脖子改善它的外形。
当你张开嘴巴笑出声，
你样子也更意大利，更好看。

我保存对你深沉的记忆，
野美人，小熊，迷娘[2]……

但风车的轮子在雪中熬冬，
邮差的小号微弱地吹响。

1935年6月3日—1936年12月14日

---

① 此诗写于曼德尔施塔姆赴莫斯科途中，他听说奥尔加·瓦克塞尔已于1932年在奥斯陆逝世（告诉他的人说她死在斯德哥尔摩，并且没有说她是自杀）。曼氏曾于1925年与奥尔加有过一段炽烈的恋情，据珍妮弗·贝恩斯说，她还是曼氏婚姻生活中他妻子在感情关系方面唯一真正的对头。奥尔加曾祖父是作曲家和小提琴家利沃夫，他是俄罗斯国歌的作曲者。奥尔加善于表演舒伯特的歌曲，诗尾“邮差的小号”，曾出现于舒伯特《冬之旅》：“我听见大街上邮车喇叭响，/你为何要激烈跳动，我的心?”奥尔加曾演唱过舒伯特这些歌。——译注

② 此时曼氏正在写广播稿《青年歌德》，迷娘是歌德诗中人物。——译注

罗马的夜晚[1]

罗马的夜晚足重的金锭，
那引诱年轻歌德的乳房。
我将承担责任，但我没亏损：
法律之外还有一种生命而它有多种深度。

1935 年 6 月

---

① 此诗与曼氏的广播稿《青年歌德》有关。——译注

我将举行一个多烟雾的仪式[①]

我将举行一个多烟雾的仪式：
在这蛋白石里，在我面前这流放中，
我看见海边夏天的草莓——
在裂开中加倍闪耀的光玉髓
及其兄弟，那蚂蚁般的玛瑙。

但更亲近我的，是深海的
朴实士兵——灰色而狂野
不取悦任何人。

1935 年 7 月

① 曼德尔施塔姆夫人 6 月份从莫斯科带回他们夫妇在黑海收集的鹅卵石和半宝石。据英译者麦凯恩说，诗中一个词是双关语，既有“宝石”之意，又有“流放”之意。曼氏选择深海的朴实士兵：一块灰色鹅卵石。据曼氏夫人在回忆录第二卷《放弃的希望》里说，在黑海的时候，她收集半宝石，曼氏收集奇奇怪怪的石头。当她把这些石头带回沃罗涅日时，立即激发曼氏对克里米亚的回忆，并写了不少相关诗歌。——译注

我不想把我借来的尘土归还大地[①]

我不想把我借来的尘土归还大地
像一只粉白的蝴蝶。
我要这个会思想的身体
变成一条大街，一个国家——
这具长着椎骨的焦尸
将发现它真正的长度。

暗绿色松枝的呼喊——
深似水井的花环——
它们，这些盖着红旗松针小圈，
拉着生命和宝贵的时间，
倚着死亡的座托[②]——
圆如字母的花环。

最后征召令的战友们
在苛刻的天空报到，
士兵无声地经过，
肩上扛着步枪的感叹号。

数以千计的防空武器——

褐眼的，蓝眼的——
乱成一团——人群，人群，人群——
谁将步他们后尘？

1935年春夏—1936年5月30日

---

① 有译本把此诗标题定为《飞行员》。麦凯恩注释说，此诗写给古比雪夫，古比雪夫的儿子是试飞员，死于空难。贝恩斯说，曼德尔施塔姆把飞行员烧焦的尸体视为自身命运的凶兆。——译注

② 据普日贝尔斯基解释："被埋葬的不是'尘土'，而是人类的时间。这就是为什么棺材不是由马匹或拖车拉着，而是由松针做成的花圈拉着。"——译注

从拉斐尔的画布[①]

从拉斐尔的画布，张开世界之口
微笑吧，愤怒的羔羊，但现在不同了……

在排箫轻柔的空气中珍珠的痛苦溶化了。
盐已经腐蚀进海洋边缘那湛蓝湛蓝里。

充满掠夺气氛的颜色，洞穴深厚的颜色，
那涌动着风暴的宁静把裙褶掩向膝盖，

悬崖上瘦小的杂草比面包还干硬，
天空撩人的力量在角落里流动。

1936年1月9日

---

① 曼德尔施塔姆夫人和多位研究者均无法确定画中的景象是拉斐尔哪幅画，贝恩斯说，曼氏夫人认为更像达·芬奇的《利塔圣母（哺乳圣母）》，但也不敢确定。曼氏作品集编者斯特鲁韦和菲利波夫认为可能是想起《阿尔瓦圣母》，该画藏于圣彼得堡麦尔米塔什博物馆，但在1936年被卖给美国。该博物馆最好的一些画被当时的苏联政府卖掉，俄罗斯知识界视之为民族耻辱和灾难。也许正因为如此，那羔羊（指幼年基督）才会“愤怒”。曼氏可能是愤怒于这“充满掠夺气氛”，尽管这幅画出售之后被“世界之口”接触，现在已经不同了。斯氏和普氏说，尽管这一解读未必正确，但不应排除这是曼氏写此诗的动机。——译注

工厂和花园的萨德阔[1]

工厂和花园的萨德阔，
来自房屋和森林背后的汽笛
比运货列车还长的汽笛，
为我夜间劳动的力量而响的汽笛。

响吧，老头，清新地呼吸，
像诺夫哥罗德商人萨德阔，
在蓝海深处鸣响吧，
大声、长久地鸣入时代深处吧，
苏维埃城镇的警报。

1936 年 12 月 6—8 日

① 萨德阔是俄罗斯口头史诗中的歌手兼商人。珍妮弗·贝恩斯说，如同萨德阔因其艺术的精湛而落入“海王”的魔掌一样，曼德尔施塔姆也以同样的方式落入他时代的“沙皇”的魔掌，但他仍要发声，并相信自己是苏联人民的警报。——译注

我也想对着世界多惊奇一会儿

我也想对着世界多惊奇一会儿，
还有儿童和雪。
但微笑像一条道路——不能假装，
它不服从，不是奴隶。

1936年12月9—13日

我的金翅雀，我将回过头来[1]

我的金翅雀，我将回过头来，
让我们一起观看世界：
冬天的日子粗糠般扎手，
是不是也使你眼睛难受？

你知道吗，金翅雀，
你是怎样一只闪亮的雀，你那小尾翎
像小划艇，羽毛——黑和黄，
你的喉咙，流淌着颜色。

他额头上是什么气象？
黑和红、黄和白！
他左看右看——两个方向！
他不看了——从两者之间飞走！

1936年12月

① 曼德尔施塔姆有多首关于金翅雀的诗，但有不同变体。曼氏曾把一只金翅雀送给女房东的儿子。——译注

孩子似的嘴在嚼糠

孩子似的嘴在嚼糠，
微笑，嚼，
我将向后仰头，像一个花花公子
并看见一只金翅雀——

狂野地弹跳，乱扔浆果，
亮晶晶的眼睛望着——
啊，我的相似物，我来回答你：
只有一个法则，那就是活着！

当那金翅雀像膨松的生面团

当那金翅雀像膨松的生面团
突然动起来，像心跳，
愤怒布满它聪明的斗篷，
它的睡帽被气得发黑。

笼子是一百条谎言的铁枝，
栖木和小板全是毁谤。
这世界一切都乱了套，
但还有萨拉曼卡的森林
供聪明、不服从的鸟儿出没。

1936 年 12 月 8 日之后

他们，不是你也不是我

他们，不是你也不是我，
拥有对一切文字尾词的控制权，
歌唱的芦苇渗透他们的空气。
人类嘴巴的螺旋形怀着感激
随着他们呼吸的沉重起伏。

他们无名无姓。如果你穿透他们的软骨，
你将成为他们封邑的继承人。

至于那些有着活生生心跳的人，
你将在他们的蜿蜒和分岔中漫游，
并细细描绘他们
苦与乐的潮汐。

1936 年 12 月 9—27 日

中提琴和竖琴

中提琴和竖琴的家庭声音，
存在于松林[1]的法则里。
所有树干都长得又弯又秃——
但仍然有竖琴和中提琴。
仿佛风神早已开始
把每一根树干弯成竖琴，
但又放弃，怜悯树根，
怜悯树干，省下力量，
然后叫醒中提琴和竖琴，让它们
在变成褐色的树皮里回荡。

1936 年 12 月 16—18 日

① 曼德尔施塔姆夫妇曾在顿河上游租用别墅供曼氏疗养，松林就在别墅对面的山上。——译注

这个冬天触动我[①]

这个冬天触动我
像一个迟来的礼物。
我爱它在不确定中
小心铺展的辽阔。

它的恐惧是美的，
像可怕事件的开始。
在整个无林的空地前
就连渡鸦也害怕。

溪流那隆起、半球形的
冰雪的淡蓝和难以入眠的摇篮曲
都是不稳定的，但又
比什么都强大。

1936 年 12 月 20—30 日

---

① 此诗写于 1936 年沃罗涅日第一场迟来的降雪之后。——译注

所有这些不幸

所有这些不幸都是因为
我看见那只猫的眼睛
高利贷般放大——
呆滞的杂草的孙子
和海藻商人。

在卡谢伊[①]用滚烫的菜汤
款待自己的地方，
它跟讲话的石头一起
等候将由运气带来的客人。
它用钳子移动石头，
镊起钉子里的黄金。

一只猫住在它睡觉的地方
不是为了游戏——
它燃烧的目光里
有那座眯着眼睛的大山的宝藏，
而在那冰冷的瞳孔里，

是圆形的火花
在恳求和乞怜中欢宴。

1936年12月20—30日

① 卡谢伊，见《我还谈不上是家长》一诗注释。卡谢伊善于挖掘和提炼黄金，故曼德尔施塔姆在一封向尼古拉·吉洪诺夫救助的信中附去这首诗，并打趣说，他寄去这首诗也是寄给吉洪诺夫一块黄金，因为这首诗将来会发表出来。——译注

这个地区在暗水里[1]

这个地区在暗水里——
多泥的谷物，一桶风暴。
这些土地不是绅士农民的土地，
而是海洋的内核。
我爱这个地区的地图，
它就像非洲。
如果你照亮它，你将无法
计算所有透明的洞孔——
安娜、罗索什和格列米亚奇[2]——
我重复这些名字。
从马车的窗口我看见
白雪的鸭绒被。

我绕着国家农场的田野转悠，
心中充满空气，
向日葵里一个个威胁的太阳
旋入双眼。
我夜里进入戴手套的
坦波夫[3]，它在雪中多壮丽。
我看见茨纳[4]———条普通的河流——
白、白，覆盖着白。

我将永远不会忘记
这熟悉土地的工作日，
我将永远不会忘记
沃罗比奥沃地区委员会。

我在哪儿？我到底怎么了？
这无冬天的草原光秃秃：
这是柯里卓夫[5]的后母——
不，你在开玩笑，它是金翅雀的祖国。
只有对一个哑口的城市的检视，
它的地面结了冰霜；
只有茶壶在夜里
跟自己说话，
以及火车在草原空气的残渣中
彼此呼唤，
以及它们拖长的汽笛的
乌克兰语言。

1936 年 12 月

---

① 据说帕斯捷尔纳克在看了这首诗之后，认为它是曼德尔施塔姆《沃罗涅日笔记本》中少数“难以归类”的诗之一。——译注
② 据南希·波拉克说，安娜、罗索什和格列米亚奇皆为地名。——译注
③ 坦波夫，俄罗斯西南部城市。——译注
④ 茨纳，即茨纳河，位于俄罗斯欧洲部分的中部。——译注
⑤ 柯里卓夫（1898—1942），俄国作家，擅于利用民歌风格和母题。柯里卓夫是沃罗涅日最著名的人物之一，其短暂的一生的大部分时间郁郁不乐地生活在故乡。——译注

从疗养所的窗口望出去[1]

从疗养所的窗口望出去，
可见到远方一队雪橇的迹象，
温暖和冰霜
使河流看上去就在近旁。
那是什么树林？冷杉？
不是冷杉，是淡紫色！
那里是一株白桦吗？
我不敢肯定——
只是空气墨水的散文，
难以辨认，而且很淡。

1936 年 12 月 26 日

① 曼德尔施塔姆于 1935 年 12 月 18 日至 1936 年 1 月 5 日入住坦波夫一家“神经”疗养所治疗心脏病。——译注

积聚如山的人头走向远方[①]

积聚如山的人头走向远方。
我在那里变小，他们再也不会注意我了；
但在被深爱的书籍和儿童游戏里，
我将升起来说太阳在照耀。

1937 年 1—2 月

① 原诗全诗没有被收录在《沃罗涅日笔记本》里。——译注

微笑的诞生

当一个小孩①开始微笑，
一半苦一半甜，诚实地，
他微笑的两端
便进入海洋的无政府状态。

他感到不可战胜地好，
他嘴角在光荣中掀动，
彩虹的针线已经缝就，
准备无穷地理解现实。

在嘴巴那螺旋形的潮汐中
大陆伸着爪子升出水面，
把一个巨人时刻②显露给
那赞美和惊叹的纤音。

1936 年 12 月 9—11 日至 1937 年 1 月 11 日

---

① 这个小孩子是沃罗涅日作联成员奥尔加·克列托娃的儿子。克列托娃后来曾“被迫”出卖曼德尔施塔姆。——译注

② “巨人时刻”原文为“阿特拉斯的时刻”，阿特拉斯是一个巨人，把世界扛在肩上。——译注

我陷在柯里卓夫附近[①]

我陷在柯里卓夫附近，
像一只套铁环的鹰，
没有人给我报信，
没有台阶通向我的屋子。

蓝色的松树林
拴在我腿上。
周围的视野宽广，
像没带任务的信使。

草原的小圆丘像总在迁徙中——
夜里的休息，夜夜几乎没有休息，
不断在移动中，移动中，
仿佛在引领盲人……

1937 年 1 月 1—9 日

① 柯里卓夫，见《这个地区在暗水里》注释。鹰是柯里卓夫诗中爱用的意象。又，柯里卓夫的名字含有“环”的意思。——译注

当巫师开始发功

当巫师开始发功
在低垂枝叶间
低语些
枣红色和栗色

细小但强大的
灰雀，这飞过冬天的
褪色的史诗懒英雄[①]
并不想歌唱。

在悬挂着的
天空眉头的穹隆下
我将迅速坐上
那淡紫色的雪橇。

1937 年 1 月 6—10 日

① 曼德尔施塔姆夫人说，曼氏有些诗其关键字眼是全诗写成后才找到的，例如“史诗懒英雄”中的“懒”字。——译注

从什么流血的矿脉[①]

从什么流血的矿脉
珍贵的世界酵母可以归还我——
重音、泪水、劳作，
磨难的持续低语——
所有这些失去的声音？

在我这乞丐的心中，首次
出现一个个凹坑，充满铜水，
我远离自己，跟着它们，
厌恶每一步，每一步都是未知，
既是盲人又是领路人。

1937 年 1 月 12—18 日

---

① 曼德尔施塔姆夫人在其回忆录第二卷《放弃的希望》中忆述他们在扎东斯克疗养院的情景："我们休息了六周……但接着我们从收音机上听到大清洗开始的消息……听罢，我们出去散步，沿着修道院的路默默走着。没有什么好说的……一切都明显不过。同一天，曼把拐杖捅进路面上马蹄留下的凹位里——前一天一直在下雨，马蹄印里注满水。他说：'像回忆。'"这些马蹄印不久便出现在曼氏诗中。——译注

你还活着，还不是孤身一人

你还活着，还不是孤身一人——
她还在你身边，虽然两手空空；
一阵欢乐穿过浓雾和饥饿和飞雪
跨越辽阔的平原直达你俩。

丰饶的贫乏，帝王般的穷困！
在其中平静地生活，日子安宁。
幸福的是这些白天，这些夜晚，
纯真的是那劳动者的歌唱的甜蜜。

悲惨的是那被自己的影子吓退像被狗
追赶的人，双膝遭一阵风收割，
而可怜的是那一身生命的破烂的人
乞求一个影子①的施恩。

1937年1月15—16日

---

① 曼德尔施塔姆夫人说，这里的影子是指那个大家都向他“乞求施恩”的人——而他也最终证明他是一个影子。这位长胡子的诗人挣扎着呼吸、被一切吓坏但不害怕任何人，被压扁、被谴责，但他也因此在最后的日子里再次藐视那个其权力比全世界所知都要大的独裁者。——译注

我独自凝视冰霜的脸

我独自凝视冰霜的脸，
它不知道去哪里，我不知道从哪里来。
平原那呼吸着的奇迹
被熨平，不留皱纹，

在浆硬的贫困中眯着眼的太阳——
目光平静而充满安慰。
十重意味[①]的森林也几乎一样……
雪花压碎在眼里，清白如鲜面包。

1937年1月16日

① 曼德尔施塔姆夫人说，曼氏有些诗，是到全诗写成后才找到某个关键字眼的，例如“十重意味的森林”中的“十重意味”。——译注

我们该怎样对待这些受重创的平原

我们该怎样对待这些受重创的平原，
它们的奇迹长期忍受的饥饿？
我们所想象的它们的辽阔
我们要到沉沉入睡时才亲眼看见。
而这个疑问总是愈来愈强烈：它们去哪里，从哪里来，
而在茫茫平原中慢慢穿行的，
不就是那个使我们在睡梦中惊叫的，
所有未来民族中的犹大吗？

1937 年 1 月 16 日

啊，这缓慢、哮喘的辽阔

啊，这缓慢、哮喘的辽阔——
我已饱到要拒绝。
给我双眼一块蒙布吧，
当恢复呼吸的地平线宽广地敞开。

跟坏脾气的沙堆相处我会好受些。
躺在一层层沙堆里，在卡马河嶙峋的河边，
我会揪住她羞赧的衣襟，
她的漩涡、河岸和水坑。

我会学习跟她和谐相处，一辈子或一刻，
整天羡慕那包围而来的急湍，
我会细听那纤维状的年轮
在激流中的圆木皮下形成。

1937 年 1 月 16 日

别作比较[1]

别作比较：活着的人是无可匹比的。
我承认平原的平等，
带着某种温柔的恐惧。
天空的圆形对我是疾病。

我等待空气，我的仆人，
带给我一点服务或消息。
我计划外游，沿着
那未开始的旅行的弧线运动。

我准备去有更多天空的地方，
但明亮的渴望不让我
离开依然青春的沃罗涅日群山，前往
托斯卡纳的文明群山：我如此清晰地看见它们！

1937 年 1 月 18 日

① 曼德尔施塔姆青年时代曾游历意大利。对他来说，托斯卡纳和佛罗伦萨都是但丁的诞生地。但丁和彼得拉克都是他喜爱的诗人。他曾在《莫斯科笔记本》时期翻译过几首彼得拉克的诗，他自己的一首诗《如同溪水从高山》便是从他翻译的彼得拉克诗中蜕变出来的。——译注

那与氧化、与合金搏斗的

那与氧化、与合金搏斗的
女性的银是怎样燃烧的呵！
安静的工作
给铁犁和诗人的声音镀银。

1937 年初

如今我陷在阳光照耀的蜘蛛网里

如今我陷在阳光照耀的蜘蛛网里——
黑头发的，淡褐色的。
人民需要光和蓝色的空气，
他们需要面包和厄尔布鲁士山[①]的积雪。

没有谁可以给我建议，
我也不知道哪里去找。
克里米亚或乌拉尔都没有
如此多透明、流泪的石头！

人民需要一首神秘又熟悉的诗，
这样他们就可以永恒地醒着，
沐浴在它的声音
那浅黄色鬈发的栗色波浪中。

1937年1月19日

---

① 厄尔布鲁士山，高加索山脉最高峰，位于俄罗斯和格鲁吉亚边境。——译注

如同来自天外的陨石在某处惊醒大地

如同来自天外的陨石在某处惊醒大地，
流放的诗句跌落地面，不认识其父亲。
那不容更改的，对诗人来说是天赐之物——
它不可能是任何别的东西；没人评判它。

1937 年 1 月 20 日

我爱霜冻的呼吸[①]

我爱霜冻的呼吸
和寒冬蒸气的自白。
啊，我是我。现实是现实。

那男孩，雪橇的小君王，
少年帮的首领，
疾驰而过，红如火炬。

我跟世界过不去，跟自由过不去——
我沉迷于雪橇的感染力，
沉迷于它的银支架，它座位的流苏。

时代可以比松鼠还轻地掉下，
比松鼠还轻地掉向细柔的溪流。
半个天空穿着冬靴。

1937年1月24日

① 麦凯恩引述曼德尔施塔姆夫人在《第三书》的话："我们住山上，那座山有一个陡坡通向河流。这个风景的痕迹，散见于（曼氏）今年冬天很多诗中。包括女房东儿子瓦迪克在内的男孩们乘雪橇从这个陡坡奔向河流。大约这个时候，那年迟来的雪降落了。"——译注

这个一月我该拿自己怎么办

这个一月我该拿自己怎么办？
这座敞开的城镇疯狂地固执……
是把我关在外面的门把我灌醉了吗？——
所有插销和锁闩都使我想怒吼。

狂吠的小巷伸长如袜子，
街道弯曲如储物室，
走投无路的人躲在角落，
然后偷偷爬出来逃走。

而我滑入一个深坑，滑入多瘤疖的黑暗，
朝着那座结冰的泵房，
跌跌撞撞，咀嚼死空气，
惊起发烧的乌鸦。

我气喘喘地跟着它们，
对着冻僵的木柴堆呐喊：
哪怕有一个读者，一个可以说话的人，一个医生！
楼梯上一次磕磕绊绊的谈话！

1937 年 2 月 1 日

时代强大的地标

时代强大的地标
正从它长眉下扫视
车站和码头上
嘈杂和喧闹的人民。

我知道，他知道，你知道。
那么，你想去哪里就去哪里，
走进车站絮絮叨叨的灌木丛
或到那条迅猛的河流边等待。

那个停靠站很遥远，
那里黑暗把眼睛笼罩。
那里有一个拴着链条的大锡杯
和一个热水箱。

科米-彼尔米亚克方言好猛，
乘客们吵架好凶，
而墙上那幅肖像责备的目光
和蔼地望着我——刺入我。

许多未来的行为依然隐藏
在我们的飞行员和收获者身上，
在我们的同志河流和树丛里
在我们的同志城镇里。

我想不起过去：
双唇灼热，言语粗糙，
白窗帘飘动，
传来铁叶的飒飒声。

我们动身时静悄悄，
只有蒸汽船在河上航行。
雪松旁荞麦繁荣，
鱼在溪流的谈话中游动。

我没带通行证，进入克里姆林宫，
去看他，去看他的内心。
当我撕破距离的画布，
我的头有沉重的犯罪感。

1937 年 1 月

让这空气成为证人[①]

让这空气成为证人：
它有长程的心脏，
而在活跃、杂食性的地下掩体里
是海洋，这无窗口的物质。

就连星星也是告密者。
为什么它们总是需要窥视一切，
把法官和证人都罚入
海洋，这无窗口的物质？

雨，这粗鲁的农民，想起
它播种的无名吗哪[②]，想起
十字架的森林如何标记
海洋或士兵的队形。

那些冻僵、生病的人应继续存在，
继续杀、继续饿、继续冷；
而无名士兵安葬在
他那著名的坟墓里。

教我吧，已经忘了
怎样飞翔的病燕，教我
怎样不用方向舵或翅膀
应付这空中坟墓。③

至于米哈伊尔·莱蒙托夫④，
我将提供最严谨的报告：
坟墓如何扳直驼背⑤，
空气之穴如何吸引人。

1937年3月3日

---

① 此诗为《关于无名战士的诗》之一。——译注

② 吗哪：《圣经》故事中古以色列人经过荒野时所吃的天赐食物。——译注

③ 麦凯恩解释说，第五节明显是对莱蒙托夫如下诗句的反应：“在没有方向舵或帆的/天空的海洋里/众天体优雅的合唱/在雾中悄悄飘浮。”——译注

④ 莱蒙托夫也是一位军人。——译注

⑤ 来自俄罗斯谚语：“只有坟墓才能扳直驼背。”——译注

阿拉伯式的糟与乱[①]

阿拉伯式的糟与乱，
速度之光磨成一束——
一束光以其倾斜的脚底
轻踩在我的视网膜上；

数百万批发屠杀的死者
踏过虚空中的小路，
以地下强堡的名义，跟他们
道晚安吧，寄以最美好的祝愿。

啊，不可收买的壕沟战的天空，
规模庞大、批发死亡的天空，
我的双唇在黑暗中追随你，
为了你，全部的你，

在弹坑、防堤、岩屑堆外
是那受亵渎的坟墓的卑贱天才，

可怜、悲惨、麻脸，弥漫
浓重的阴气，徘徊不去。

1937 年 2—3 月

① 此诗为《关于无名战士的诗》之四。麦凯恩引述批评家维亚切斯拉夫·伊万诺夫在其文章《〈关于无名战士的诗〉在世界文学脉络中》的话："该诗的主题是数以百万计的人在战斗中死去，天空威胁地面部队。对威胁的描写，是通过对光速的很多指涉达致的……"——译注

桤树的澄清和西克莫树的警觉[①]

桤树的澄清和西克莫树的警觉，
都染着微红[②]，匆匆赶回家，
仿佛用一阵阵晕眩
蛊惑天空及其闷燃。

只有多余与我们结盟，
前面不是深渊而是考验。
为维持生命的空气而斗争：
这榜样不是人人可以效仿。

我的存在半晕眩，
我的意识受蛊惑。
我是否别无选择，除了喝下这汤
并在这火舌下吃掉我自己的头？

这魔法是在虚无空间里
包装好的吗，以便
白色星星匆匆赶回家
染着微红？

夜啊，群星宿营的后母，
你是否感知现在和稍后要发生的事情？

1937年3月1—15日

① 此诗为《关于无名战士的诗》之七。——译注
② 麦凯恩解释说，退隐的星星被染红（或如罗嫩所言被血染）是由多普勒效应引起的。——译注

主动脉拥塞着热血[①]

主动脉拥塞着热血，
一个个低语连接不断地响起：
“我生于1894年……”
“我生于1892年……”
而我拳头紧攥着
我那连带着人群和畜群的
破旧的出生年份，
用无血的嘴唇低语：
“我生于不可靠的1891年
1月2日和3日
夜里，好多个世纪
用火包围我。”

1937年3月1—15日

---

① 此诗为《关于无名战士的诗》之八。最后一个出生日期是曼德尔施塔姆的出生日期。麦凯恩说，此诗中的出生日期表明这些人不是应征入征者，而是被送去劳改营。——译注

像伦勃朗，明与暗的烈士

像伦勃朗，明与暗的烈士，
我走进了时代的深处——
发现它愈深愈麻木。
但我燃烧的肋骨的尖锐
并没有被这些看守看守着，
也没有被这个在风暴下睡觉的哨兵。

原谅我，辉煌的兄弟，
大师，深绿色黑暗之父——
那有鹰羽的眼睛
和午夜后宫的热宝箱
鼓动，但只是糟糕地鼓动
这个被曙光的酒囊激发热情的部族。

1937 年 2 月 4 日

圆港湾的豁口[①]

圆港湾的豁口、巨砾、湛蓝
和被云团拖慢的船帆，我刚刚懂得
你们的价值，就已经与你们隔绝：
比管风琴的赋格还长，这假发的海藻
充满苦涩，弥漫长期说谎的味道。

我的头在铁的温柔里晕眩，
锈细啃倾斜的海岸……
为什么我的头要埋在另一片沙滩里？
你们啊，低语的乌拉尔群山，宽肩的伏尔加土地
或这平坦的乡村——都是我应得的权利——
我还要继续深深呼吸你们。

1937 年 2 月 4 日

---

① 曼德尔施塔姆夫人说，虽然曼氏像金翅雀一样被禁锢在笼子里，但是曼氏对她说："他们不能阻止我走动。我刚秘密去了一趟克里米亚。"他是指他刚写了《圆港湾的豁口》一诗。曼氏在诗中描写他对克里米亚的思念。他曾努力想使自己转往克里米亚流放。——译注

我歌唱，当我喉咙湿润，灵魂干爽

我歌唱，当我喉咙湿润，灵魂干爽，
当我眼睛含着够多的泪水而良心不说谎。
这酒健康吗？这酒囊健康吗？
还有科尔基斯人血液中摇曳的舞步？
但我的胸膛绷紧，安静，无言语：
已不是我在歌唱，而是我的呼吸在歌唱，
我的听觉被群山的剑鞘禁锢，而我头聋了。

没有利润的歌就是它自己的赞歌，
是朋友的愉悦，敌人的烫煤。

单眼的歌，从苔藓里长出，
猎人生活的单声天赋
在马背上唱，在高处唱，
自由而开放地呼吸，
一心只想在荣誉和愤怒中
清白、无罪地，把年轻人送往婚礼……

1937 年 2 月 8 日

羡慕那纤细的黄蜂，它们深入[1]

羡慕那纤细的黄蜂，它们深入
并吸吮大地的轴心；我装备了
黄蜂的视力，能感觉过去发生的事情，
但想不起来，就是想不起来。

我不画画，我不唱歌，
我不拉黑声音的小提琴。我只在
生活中钻了一个小孔，多向往
那狡猾而强有力的黄蜂。

啊，要是空气和夏天的炎烈
能狠狠螫我一下！刺激我
避开睡眠和死亡，去深入感受
大地的轴心，大地的轴心。

1937 年 2 月 8 日

---

① 据麦凯恩和格林注释，此诗在俄语中的语音核心是“os”。“os”是轴心，“osy”是黄蜂，“sosut”是吸或吮，“os”则是斯大林的名字“约瑟夫”或曼德尔施塔姆的名字“奥西普”。——译注

曾经比磨过的镰刀还锐利的眼睛[1]

曾经比磨过的镰刀还锐利的眼睛——
瞳孔里各有一只布谷[2]和一滴露——

现在它们几乎都不懂充分发挥潜力
去识别孤独的星群。

1937年2月9日

---

① 曼德尔施塔姆夫人在其回忆录第一卷《存一线希望》中提到："（曼氏）哀叹视力衰退，它曾'比磨过的镰刀还锐利'，却没有时间去识别每一个'孤独的星群'。"——译注

② 布谷，据格林说，这个意象指涉《伊戈尔远征记》中的一个片断，伊戈尔的妻子"像凄苦的布谷那样"哀悼他。——译注

就像对法沃尔斯基而言[①]

就像对法沃尔斯基而言，木和铜是雕刻家飞腾的艺术，
在这木造的空气中我们是时间的邻居。
一块块橡木板和紫铜色西卡莫板
组成的舰队，引导我们大家。

树脂依然强压着怒火，在木材年轮中慢慢渗出，
但心只是受惊的肉吗?
我有心所以我有罪，我是这时刻的心的内核，
而这时刻已扩展到无限。

这时刻喂养无数朋友，威胁的、
有着快乐眼睛的广场的时刻，
我将再次审视这广场的整个区域，
这整个有着旗帜森林的广场。

1937 年 2 月 11 日

① 法沃尔斯基（1886—1964），苏联艺术家，曾为《伊戈尔远征记》画插图。曼德尔施塔姆在纳闷自己是否会出席红场的“五一”节纪念活动。——译注

埋在狮窝里[①]

埋在狮窝里，埋进这堡垒，
我沉得更低、更低、更低。
听发酵的骤雨的各种声响，
它比狮更强大，比摩西五经更有威力。

你的呼唤多么贴近我：
像戒律之前的人类，
像一串串海洋珍珠，
像塔希提女人手中纤细的篮。

你惩罚的歌声那强大而深沉的音符
像一块大陆移近。
被宠坏的女儿们野蛮而甜蜜的脸蛋，
不值你，原始之母啊，一根手指。

我的时间依然无限，
而我为宇宙的欢乐伴唱，

如同管风琴静静地
为一个女人的嗓音伴奏。

1937年2月12日

---

① 据麦凯恩引述曼德尔施塔姆夫人在《第三书》中的话，以及据曼氏夫人回忆录第一卷《存一线希望》第39章，这首诗是关于一位有深沉声音的女歌手——同时也使曼氏本人从其写作《斯大林颂》的后悔中解放出来。那位女歌手是美国黑人女低音歌手玛丽安·安德森，她唱圣歌，通常是《圣经》主题的歌曲；也唱巴赫，由管风琴伴奏。她当时正在莫斯科表演。他还在某处见过她的画像。曼氏夫人又说，这首诗不只写玛丽安。那时候，曼氏夫妇发现他们一位来自列宁格勒的女歌手朋友生病了。曼氏曾为她翻译那不勒斯谣曲，由她在电台演唱，有人悄悄告诉他们，她不是生病，而是她刚从劳改营服完五年役回来的丈夫再次被捕了。——译注

要是我们的对头来抓我[①]

要是我们的对头来抓我，
再也没人跟我说话；
要是他们没收整个世界——
呼吸和开门的权利，
肯定存在将继续存在，肯定人民
会像法官那样作出裁判的权力；
要是他们敢把我当牲畜看待，
把我的食物扔到地面上——
我将不会沉默或麻木我的痛苦，
而是写下我想写的，
并给我的声音套上十头牛的轭，
在黑暗中犁动我的手，
然后伏倒在丰收的全部重量下，
以一个誓言的全部力量在远方爆炸，
而在没有防守的黑暗的深处，
大地，这非熟练劳工的眼睛，将会照亮……

1937 年 2 月初—3 月初

---

① 此诗为节译，结尾有争议。——译注

在深红、火红的木板上[①]

在深红、火红的木板上，
在积雪覆盖下
高耸的陡峭山边，
这座昏睡、留下雪橇踪迹、由马拉着的
半河岸半城镇，被套牢在
被黄色树脂烧成糖焦的
红煤挽具上
拖走。

别指望在这里找到冬油的天堂，
或滑雪的荷兰画派笔触的乐园。
没有欢快、粗皮肤、头戴大耳帽的
小侏儒群在这里呱呱叫。
也别拿比较来烦我，
还是割下我这幅爱上坚实道路的素描吧，
如同浓烟踩着跷板溜掉，
带走枯干但依然活着的枫叶。

1937 年 3 月 6 日

---

① 麦凯恩引述曼德尔施塔姆夫人《第三书》中的话：“这首风景诗可以说是从大自然的角度写的……沃罗涅日景观。”——译注

既然我们还不能公开说出

既然我们还不能公开说出，
那我就用草稿的方式低语：
天空那没有逻辑的游戏
乃是通过经验和流汗获得。

在炼狱的临时天空下
我们常常会忘记
这以天空为屋顶的快乐仓库
可以是终生的家。

1937 年 3 月 9 日

迷失在天空里，我能做什么？①

迷失在天空里，我能做什么？
让那靠近天空的来回答吧。
让你们，但丁那九块运动员铁饼，
来发出清晰的鸣响，可能会更容易些。

你不能使我与生命分开——它梦想着
同时杀人和抚摸，
好让对佛罗伦萨的怀念抽打
我们的耳朵、眼睛和瞳孔。

别把那半苦半甜的桂冠，
别把它戴在我太阳穴上，
倒不如把我的心撕成
响亮的蓝色碎片。

当我死了，完成我的任务
和终生与所有活人为友的使命，

让天空的反应在我寒冷的胸里喊出来，
更大声、更高远。

1937 年 3 月 9—19 日

---

① 贝恩斯解释：“为这个窘境（迷失在天空里）寻找一个解决方案，是很困难的，曼德尔施塔姆把它形容为无异于使但丁的九层地狱回响如运动员的铁饼。他看到前面两种选择：戴上桂冠（“半苦半甜的桂冠”）的全能冠军那令人反胃的生活，或他的身体解体，融入天空，发出不见其人的声音，而他更愿意选择后一个命运。”——译注

也许这就是疯狂的起点

也许这就是疯狂的起点，
也许这就是你的良心：
这生命之结，我们在其中被认出
并解开，以便我们可以存在。

因此，光，这勤劳的蜘蛛，
把一座座超生命的晶体大教堂
织在肋骨上，再把它们
集成一捆捆。

这些由一小束光集成的
一捆捆感激的纯粹线条
有一天将共聚一堂
像磊落的客人，

并且将是在这人间，而不是在天上，
如同一座充满音乐的屋子——
请小心不要吓走或伤了它们……
让我们活下来看到它发生。

原谅我说这些话。

悄悄、悄悄地念回给我听。

1937 年 3 月 15 日

天使似的罪犯，厚脸皮的男生[①]

天使似的罪犯，厚脸皮的男生，
一个与哥特式建筑并存的恶棍：
他对着蜘蛛似的法律吐痰——
无与伦比的弗朗索瓦·维庸[②]。

1937 年 3 月 18 日

① 此诗为节译。——译注
② 弗朗索瓦·维庸（1431—1463），法国诗人，贫民出身，品行乖张，多次入狱，两次被判死刑，因权势怜才获赦。——译注

酒　壶[1]

你是长时间口渴的愧疚债主，
酒和水的聪明皮条客；
年轻的羊群围着你起舞，
水果随着音乐成熟。

长笛鸣叫，咒诅，愤怒于
你暗红色的周边，
因为它隐伏毁灭
并且没人可以改变。

1937 年 3 月 21 日

① 曼德尔施塔姆经常参观沃罗涅日的博物馆，那里有不少精致的古希腊瓷器。贝恩斯解释说，其中一个瓷器“描绘正在吹笛的森林之神萨梯显然愤怒于酒壶边缘那被碰损或破裂的状态”。——译注

蓝色的岛，欢乐的克里特

蓝色的岛，欢乐的克里特，以陶工闻名，
当他们烤烧的泥土发出鸣响，
你能听见他们的天才。你听见吗，
海豚的鳍在地下搏动[①]？

你一说海，它就会从
黏土里冒现，在火炉中微笑。
容器的寒冷力量就会裂开，
一半海洋，一半眼睛。

把属于我的还给我，克里特，
蓝色、飞腾的岛，把工作还给我，
就着女神充溢的双乳
把烧好的容器注满。

这，被歌唱，被变蓝，
远在奥德修斯之前，
远在食物和饮料
被称作“我的”之前。

那么祝你再次健壮和璀璨，
牛眼天空里的星辰[2]，
还有你，偶然性的飞鱼，
还有你，说“愿意”的水。

1937年3月21日

---

① 麦凯恩解释说：“地下海豚可能是指考古学家在克里特岛发掘的海豚饰带。”——译注

② 贝恩斯解释说：“赫拉（天后，宙斯之妻）最初是以牛的形状被崇拜的。”——译注

这是我最想要的[1]

这是我最想要的：
没有人跟着，
飞升到一束光背后，
去到我不存在的地方。

而你在圆圈里照耀——
幸福莫过于此——
并向一颗星学习
一束光的意义。

如果它是一束，
如果它是光，
那是因为低语使人温暖，
而饶舌使人强大。

而我想跟你说，
我的小亲亲，悄悄地：

通过我的饶舌
我把你交托给那束光。

1937年3月27日

① 麦凯恩解释说，曼德尔施塔姆在信中常称呼自己是妻子的保姆，但这是曼氏唯一一首对她倾注这种温柔的诗。贝恩斯解释说，曼氏把“小亲亲”托付给星星是因为“星星的光辉也是他的诗歌的光辉”。曼氏自己对“这些床上诗”最终可能的发表感到难堪。——译注

查理·卓别林[①]

查理·卓别林
　　　走出电影院，
两个脚掌，
　　　一个兔唇，
两只眼睛
　　　充满墨水
和惊人的
　　　充沛能量。
查理·卓别林——
　　　一个兔唇，
两个脚掌——
　　　悲惨的命运。
我们大家的生活都多少出错了。
　　　陌生人，陌生人。

青灰色的恐惧
　　　在他脸上，
头
　　　总抬不直，
煤烟在散步，

鞋油在忸怩，
而轻轻地轻轻地
卓别林说：
为什么我被珍视和热爱
甚至声名远播？
一条大路把他带给
陌生人，陌生人。

查理·卓别林，
用力踩踏板，
查理，兔子，
努力进入你的角色吧，
剥血橙，
穿上你的旱冰鞋。
但你太太
是一个盲目的影子
而这陌生的远方做出蠢相、蠢相。
为什么
卓别林有一枝郁金香？
为什么
人群如此友善？
因为
这毕竟是莫斯科。
查理，查理，
你必须继续冒险，
你在

最不应该的时候软弱了，
你那个圆顶高帽
也是一个海洋，
而莫斯科这么贴近，即使你爱
那条路，那条路。

1937 年，莫斯科

---

① 此诗未结集。据克莱尔·卡瓦纳解读，此诗是写卓别林电影在苏联现实中构成的反讽。诗中卓别林亦是曼德尔施塔姆本人的自况。——译注

仿佛它还不够著名似的[①]

仿佛它还不够著名似的，
希腊长笛的“德”音和“哀”音[②]，
不加雕琢，凭直觉，
成熟，艰辛，跨越鸿沟。

你不可能离开它，
你咬紧牙关，还是不能封住它的口，
你也不能用舌头的活动把它变成话，
也不能用你的双唇塑造它。

长笛吹奏者永不知道休息，
他似乎感到自己孤零零，
似乎模模糊糊记得他曾经用淡紫色黏土
铸造他故乡的大海。

他急忙要节约，
选择清脆而俭朴的音调，
以响亮、有抱负的低语，
以回忆的双唇的吧嗒声。

我们后来无法效仿他，
黏土都在大海的掌心里，
而当我变成充满大海
我的节拍也变成瘟疫。

至于我自己的双唇我不喜欢它们；
它们埋伏杀机。
我被迫把长笛的力量
不断削弱，削弱，削弱……

1937年4月7日

---

① 据说沃罗涅日博物馆里有一幅描绘一位长笛手的画，还有希腊文。此诗写于德国长笛手施瓦布因间谍罪名被捕之际。施瓦布住在沃罗涅日，在乐团里工作。他曾为曼德尔施塔姆吹奏巴赫和舒伯特的音乐。曼氏纳闷施瓦布能否把其宝贵的长笛带去劳改营，那长笛是一位老朋友从音乐院寄来给他的。施氏当时已是老人，后来死于劳改营。曼氏夫人评论说，由于曼氏是以声音写诗的，诗人的唇就是他写诗的工具，而在这首诗中，曼氏也是在谈论他自己那低语的唇和谈论把他耳朵中鸣唱的声音转化为文字的痛苦过程。详请参见曼氏夫人回忆录《存一线希望》第一卷第39章。——译注

② “德”和“哀”分别为希腊字母 θ 与 ι 的音译。——译注

我把绿色举到嘴唇上[1]

我把绿色举到嘴唇上
这黏糊糊的叶子的诺言，
这违背诺言的大地：
雪花莲、枫树和小橡树的母亲。

瞧我变得多强大和盲目，
向谦卑的根茎屈服，
这雷声滚滚的公园
不是耀眼得看不清吗？

青蛙们像水银球，
它们呱呱抱成一团，
嫩枝变成杈丫，
空气变成乳白色幻想。

1937 年 4 月 30 日

---

① 此诗是曼德尔施塔姆与娜塔莎·什捷姆佩尔在植物公园散步后写的。——译注

某个妻子[1]

某个妻子，我不知道是谁的，
在怪物基辅的大街上寻找丈夫。
她苍白的脸颊上
没淌一颗泪。

吉卜赛女孩不为美人算命。
小提琴不在库佩切斯基公园演奏。
马匹在赫列沙季克大街倒下，
贵族居住的椴树区散发死人的臭味。

红军士兵已乘坐
最后一辆电车出城。
一件大衣叫喊：
“我们会回来。等着吧……”

1937 年 4 月

---

① 克拉伦斯·布朗说，曼德尔施塔姆夫人告诉他，诗中“妻子”是爱伦堡夫人，她到处寻找丈夫，因为丈夫在宵禁后上街去了。——译注

芽儿散发黏糊糊的诺言的气味

芽儿散发黏糊糊的诺言的气味，
瞧，一颗流星——
一个母亲要女儿别急时
这样说。

“等等，”半个天空
清晰地低语，
而一阵倾斜的沙沙声回答，
“要是我有个儿子!”

我就会开始庆祝
一种完全不同的生活，
一个摇篮就会摇晃
在轻盈的脚下。

我那正直、野性的丈夫
就会温柔而服从。
没有他，就会像在黑书里，
这窒息的世界就会很恐怖。

夏天的闪电这时犹豫了一下，
然后眨了眨眼。
哥哥皱起眉头：
妹妹抱怨。

翅膀沉重的天鹅绒风
给音管添加一个音符：
让那男孩有个强大的前额，
并让他像他们俩。

雷声就会问它的朋友们：
“你们可听说过
一株椴树在樱桃开花前
被嫁了出去？”

从森林的新孤独里传出
鸟声——
媒鸟们啭鸣，
向娜塔莎[①]献殷勤。

诺言如此黏着
嘴巴，以至，我诚实地告诉你：
眼睛们一拥而上，纷纷
死在马蹄的雷声里。

大家都继续催促她：

“聪明的娜塔莎，
结婚吧，为了我们的幸福，
为了我们的健康。”

1937 年 5 月 2 日

---

① 娜塔莎，指娜塔莎·什捷姆佩尔。本诗即是写给她的。她是一位年轻的教师，当时即将结婚。她常常探访曼德尔施塔姆夫妇，给他们带来欢乐，而当时其他人都尽量避开曼氏夫妇。他们也常常去探访她，她与母亲住在一起。——译注

梨树和稠李对准我[1]

梨树和稠李对准我——
并以粉碎性的力量丝毫不差打中我。

星星里的一簇簇花开，一簇簇花开里的星星——
这双重力量是什么？真理在哪里开花？

用它的盛开或用它的力量——它以充满空气的白色
把整个大头棒敲入垂死的空气。

双重香味的甜美互不相让——
它斗争、拖延、混合、破裂。

1937 年 5 月 4 日

① 曼德尔施塔姆夫人对娜塔莎说："这首诗是关于你和我的。"——译注

致娜塔莎·什捷姆佩尔[①]

1

以她不稳、甜蜜的脚步
吃力地跛行在荒凉的大地上，
她走着，稍微领先
她快步的女友和小她一岁的青年。
那拖累她的
驱使她向前。
她一定知道是那正来临的
使她放慢脚步。她一定知道
在苍穹下，在这春天，
母亲大地已准备好接纳我们，
知道它会永远这样下去。

2

有些女人，她们如此亲近潮湿的土地；
她们的每一步都是响亮的哀恸，
她们的使命是护送死者，

并第一个迎接复活者。
要求她们爱抚是一种犯罪，
跟她们分开超出我们的能力。
她们今天是天使，明天是坟墓里的蠕虫，
而后天，只剩一个轮廓。
那迈过的脚步，如今已难以企及。
花朵不朽。天堂完整。
而将来只是一个诺言。

1937年5月4日

---

① 当曼德尔施塔姆把这首诗交给娜塔莎时，他说："我昨天写了这首诗，它是一首爱情抒情诗。这是我写的最好的作品。我死时，请把它赠送给普希金纪念馆。"曼氏夫人在回忆录第二卷《放弃的希望》中说："那些写给娜塔莎·什捷姆佩尔的美丽的诗，在曼德尔施塔姆的爱情抒情诗中占有一席位。他总是把爱情与死亡的念头联系起来，但在他写给娜塔莎的诗中，还对未来生活怀有一种宁静感和崇高感。"另，娜塔莎左脚跛脚。——译注

曼德尔施塔姆年表

1891

1 月 15 日生于华沙。

父亲为皮革商人，以德国文化模式自学，从未完全俄罗斯化。

母亲是音乐教师，完全属于俄罗斯文化传统。

1891—1907

童年在圣彼得堡度过，就读于捷尼舍夫学校（1899—1907），该学校为俄罗斯最具知名度的学校之一。

1905

目击 1905 年俄国革命。

1907—1910

赴外国留学：巴黎（1907—1908 冬）、海德堡（1909—1910 冬），包括短暂访问瑞士和意大利（两次），其间交替居住于圣彼得堡。

1910

首次在圣彼得堡文学杂志《阿波罗》发表诗作。

1911—1916（?）

在圣彼得堡大学学习希腊语，未获得任何学位。

1911

认识阿克梅派诗人安娜·阿赫玛托娃和尼古拉·古米廖夫。

1913

出版第一本诗集《石头》，发表最早的批评文章。

1914

第一次世界大战爆发，为圣彼得堡市政府战争援助机构工作。

1915—1916

与诗人玛琳娜·茨维塔耶娃相恋。

1917

3 月 3 日，二月革命，沙皇退位。

3—11 月，临时政府成立。

11 月 7 日，十月革命。加入人民教育委员部。

1918

5 月，迁往莫斯科，政府各部亦迁往新首都。

1918—1922

在内战期间足迹遍及俄罗斯各地。在克里米亚被弗兰格尔将军的反布尔什维克白军监禁，在巴统被当局监禁。

1919

春天，在基辅认识娜杰日达·哈津，很快与她开始终生的婚姻关系。

1923

出版第二本诗集《哀歌》，写作《时代的喧嚣》。

1926—1930

没有写诗。在列宁格勒地区与莫斯科之间过居无定所的生活。

1928

被不公平地指控剽窃，在报章遭斥责。

出版第三本诗集《诗》、随笔集《论诗》、《埃及邮票》（散文，并收录《时代的喧嚣》）。

1929

12 月，开始口授《第四散文》。

1930

赴亚美尼亚旅行八个月。

秋天，恢复写诗。

1932

写《关于但丁的谈话》。

1933

春夏，在克里米亚度假。

出版最后一部生前出版的著作《亚美尼亚之旅》。

10 月，写《斯大林讽刺诗》。

1934

5 月 13 日，首次被捕。

6—9 月，最初流放地：乌拉尔地区切尔登。

精神崩溃。

秋天，转往俄罗斯南部沃罗涅日。

1935—1936

靠记忆重构被没收的诗。

写广播稿。

写《沃罗涅日笔记本》。尝试写《斯大林颂》。

1937

5 月 16 日，结束流放。

5 月至翌年 5 月，被迫住在莫斯科郊外。这个时期没有诗作留存下来。

1938

5 月 2 日，再次被捕，之后被判处受五年苦役，罪名是“反革命活动”。

12 月 27 日，官方公布的死亡日期。推定死亡地点为苏联远东地区符拉迪沃斯托克附近的第二河临时劳改营。

信念、希望与诗歌

——论奥西普·曼德尔施塔姆①

［爱尔兰］谢默斯·希尼

“为艺术而艺术”已由于一个有关艺术可以涵括什么的不适当概念而变成受嘲弄的对象，并且常常沦为平庸之辈的笑柄。对艺术家来说，艺术具有一种宗教性的、约束性的力量。语言是诗人的信念和他的先辈们的信念，而为了在一个不可知论的时代走他自己的路和做适合他自己的工作，他必须把这种信念发挥到傲慢和必胜主义的程度。诗歌确实可能已经成为一种失败的事业——就像雅各比主义，诚如一位苏格兰青年诗人最近所说的——但是每一个诗人都必须扬起他的声音，一如觊觎王位者高举他的旗帜。无论世界落入安全部队还是肥头大耳的投机者手中，他都必须进入他的文字方阵并开始抵抗。

这一切都体现在奥西普·曼德尔施塔姆身上，他可以说是俄罗斯现代诗中的拉撒路。曼德尔施塔姆最后一本出版的诗集在1928年问世，1938年他在转往一所集中营的途中，在临时劳改营里死去，年方四十七岁。与此同时，以及在他消失后的二十年中，他的名字完全从苏联文学记录中被抹去。他的著作被没收，他变成一个“不存在的人”，他最后十年的诗被埋没在三册学生练习簿里，像祖先的骨灰般由他的遗孀在战乱和迫害中保存下来。然而

① 奥西普·曼德尔施塔姆《诗选》，克拉伦斯·布朗、W. S. 默温译，牛津大学出版社，1973；《曼德尔施塔姆》，克拉伦斯·布朗著，牛津大学出版社，1973。——原注

现时如果他的著作在俄罗斯出版，必将在数分钟内被抢购一空。看来，曼德尔施塔姆的信念已获得证明：

人民需要诗歌，它会成为他们自己的秘密，
使他们永远保持清醒，
使他们沐浴在它的呼吸那有着明亮发绺的浪潮中。

曼德尔施塔姆是以服务人民的语言的方式来服务人民的。他的早期诗是在与阿克梅派诗人联系在一起的背景下写成的，该团体的思想类似于几乎也是在那个时期聚集在一起的意象派诗人。这些早期诗刁钻而讲究形式，充满整个欧洲文学传统的气息，并以浓烈的俄罗斯味道吐回到那种气息里去；然而我们仍可以在这些写于 1915 年的具有高蹈派式冷峻的诗行中找到有机的联系：

这日子像一个音顿般伸懒腰：一种静止状态
开始于早晨，困难，持续不断：
那吃草的牛，那金色的倦慵无力
从芦苇中唤出一整个音符的丰饶。

而二十年后写于流放中的这几行诗，其说服力就再明显不过了：

当我的琴弦像伊戈尔之歌般调紧，
当我又获得我的呼吸，你可以在
我的声音里听出土地——我最后的武器，
这一亩亩黑土地干燥的阴沉。

在另一首致俄罗斯那片黑土地的诗中，他请求它成为“劳动中无声的黑暗言辞”。诚如克拉伦斯·布朗所言，曼德尔施塔姆是一位听觉诗人：“他听到他的诗行，再把它们抄下来，他把它们从无声中，从那最初无法听见中扭出来。”一切——俄罗斯土地、欧洲文学传统等——都必须凝聚于诗歌声音的活动中；“因此怀着衰退的爱的奥维德/在诗中把罗马和雪织在一起”——这种诗歌的声音对他来说是绝对的。

曼德尔施塔姆抹去了叶芝在生活的完美与作品的完美之间的“选择”。1971 年，当他的遗孀娜杰日达·曼德尔施塔姆在西方出版了她的回忆录《存一线希望》时，他便进入了俄罗斯文学的忠烈榜。故事开头叙述曼德尔施塔姆因为写了一首反对政府的诗而被捕。这首诗当时尚未发表，但是一个告密者的私语就足以导致他在沃罗涅日流放三年（1934—1937），而他的第二次被捕和死于心脏衰竭则几乎接踵而至。

此外，如果说娜杰日达是我们时代尚存的伟大缪斯之一，成为启发这些诗的灵感并实际上把它们从寂静无声中带到这个世界上，那么克拉伦斯·布朗则是任何诗人都难得遇到的一位知音。他的书涵括了曼德尔施塔姆的早期生活和创作，直至 20 年代末期，而这是将近二十年浸淫于曼德尔施塔姆诗歌和研究曼德尔施塔姆生活的结果。作为传记作者和批评家，克拉伦斯·布朗以双重的感受力工作：他进入他的研究对象内部去理解、去感受他和影响读者；但他也站到外面，在具体脉络中去省察诗人，以他极其灵敏的耳朵和有教养的判断力去测试这些诗。他的书的节奏是缓慢的，但绝非悠闲；语调是关心的，是密切的介入。如果说曼德尔施塔姆是被死亡紧紧攫住的哈姆雷特，则他就是霍拉旭。如果让我给予这本书一句贴切的赞美，我会说，它够得上它的献词——献给娜杰日达·曼德尔施塔姆。

克拉伦斯·布朗还就曼德尔施塔姆的诗写了极有见地的评论，探讨技巧和语言质地，并对它们的存在显露出难以掩饰的感激和快乐。我一边读着他的评论和他与W. S. 默温合译的这本诗集，一边诅咒我对俄语的一无所知。《诗选》包括了曼德尔施塔姆从阿克梅时期的《石头》到最后的流亡诗各个阶段的作品，这是一些交织着火与冰的泪水。这些译诗透出当代美国诗歌的痕迹，而我有一种想法，即默温的节奏软化了俄语那种雕塑式的声音——不过，当讲究韵律的诗节变成自由诗时，这是无可避免的——但是他们却保存了曼德尔施塔姆想象力的丰富性和独特性，保存了他对厄运和复活的预感以及近乎庆祝的态度：

一堆堆人头走向远方。
我在他们中间缩小。没人看到我。但在仍然
活着的书里，在儿童的游戏里我将从死者中
升起来说，太阳在照耀。

我们自己也正生活在严峻的时代，诗歌作为艺术的理念正处于危险中，蒙上了要求诗歌成为政治态度的图解的阴影。一些评论家仿佛来自真理部的官员，要求作家原原本本描绘事实。曼德尔施塔姆的生活与创作是有益和可作楷模的：如果一个诗人必须化抵抗为进攻，他就应该奋起杀敌，并准备好承担无论是生命还是作品方面的后果。

1974

原载于谢默斯·希尼《专心致志：散文选1968—1978》，费伯出版社，1980。

参考书目

以下是本书所据和参考的曼德尔施塔姆诗歌英译本，以出版日期为序。

《欧洲现代诗选》，威利斯·伯恩斯通（Willis Barnstone）主编，矮脚鸡出版社，1966。俄罗斯诗歌部分，包括曼德尔施塔姆部分，由乔治·雷维（George Reavey）编译。

《现代俄罗斯诗歌》，奥尔加·安德烈耶夫·卡莱尔（Olga Andreyev Carlisle）、罗斯·斯蒂伦（Rose Styron）编译，维京出版社，1972。

《奥西普·叶米利耶维奇·曼德尔施塔姆诗全集》，伯顿·拉费尔（Burton Raffel）、阿拉·布拉戈（Alla Burago）译，纽约州立大学出版社，1973。悉尼·莫纳斯（Sidney Monas）撰写导言及注释，并补译了《存一线希望》中被英译者略去或严重删节的两章。此译本是唯一的英译全译本，虽然其成绩就连莫纳斯后来也否定了，但依然是本书的重要参考资料，其中亦有不少出色译作。

《奥西普·曼德尔施塔姆诗选》，戴维·麦克达夫（David McDuff）译，法-斯-吉出版社，1973。

《奥西普·曼德尔施塔姆诗选》，克拉伦斯·布朗（Clarence Brown）、W. S. 默温（W. S. Merwin）译，企鹅出版社，1977。

《奥西普·曼德尔施塔姆：诗五十首》，伯纳德·米雷斯（Bernard Meares）译，约瑟夫·布罗茨基作序，皮尔西图书公司，1977。

奥西普·曼德尔施塔姆《石头》，罗伯特·特拉西（Robert Tracy）译，普林斯顿大学出版社，1981。

奥西普·曼德尔施塔姆《哀歌》，布鲁斯·麦克莱兰（Bruce McClelland）译，史泰逊希尔出版社，1987。

《译自曼德尔施塔姆的诗》，罗伯特·海·莫里森（Robert Hay Morrison）译，联合大学出版社，1990。

奥西普·曼德尔施塔姆《莫斯科笔记本》，理查德·麦凯恩（Richard McKane）、伊丽莎白·麦凯恩（Elizabeth McKane）译，血斧出版社，1991。

《一条蜜蜂串成的项链：诗选》，玛丽亚·恩岑斯伯格（Maria Enzensberger）译，门蒙德/国王出版社，1992。

《奥西普·曼德尔施塔姆诗选》，詹姆斯·格林（James Green）译，企鹅出版社，1992。企鹅版是增订版，尚有由其他出版社出版的较早版本，最早出版于1977年。

《二十世纪俄罗斯诗歌》，约翰·格拉德（John Glad）、丹尼尔·魏斯博尔特（Daniel Weissbort）译，艾奥瓦大学出版社，1992。

《二十世纪俄罗斯诗选》，叶夫根尼·叶夫图申科（Yevgeny Yevtushenko）选及作序，A. C. 托德（Albert C. Todd）、马克斯·海沃德（Max Hayward）编，第四等级出版社，1993。曼德尔施塔姆部分由A. C. 托德和伯纳德·米雷斯（Bernard Meares）译。

奥西普·曼德尔施塔姆《沃罗涅日笔记本》，理查德·麦凯恩（Richard McKane）、伊丽莎白·麦凯恩（Elizabeth McKane）译，血斧出版社，1996。

《我拥有的：荷尔德林和曼德尔施塔姆选译》，约翰·赖利(John Riley)、蒂姆·朗格维尔（Tim Longville）译，金项圈出版社，1998。

《十位俄罗斯诗人》，理查德·麦凯恩（Richard McKane）编译，铁钻出版社，2003。收录曼德尔施塔姆的《诗 1921—1925》，并附有迈克尔·巴斯克（Michael Basker）的导言和注释。

奥西普·曼德尔施塔姆《哀歌》，K. J. 金塞拉（Kevin J. Kinsella）译，绿整数出版社，2007。

《现代主义拟古者：奥西普·曼德尔施塔姆诗选》，K. M. F. 普拉特（Kevin M. F. Platt）编，鲸与星出版社，2008。此书选了布朗/默温和米雷斯的译作，另加上编者和另一些人的新译。

《被偷走的空气：奥西普·曼德尔施塔姆诗选》，克里斯蒂安·威曼（Christian Wiman）编译，艾科出版社，2012。

《奥西普·曼德尔施塔姆的诗》，彼得·弗朗斯（Peter France）编译，新方向出版社，2014。

以下是本书所参考之中译本：

《贝壳：曼德尔施塔姆诗选》，智量译，外国文学出版社，1991；花城出版社，2012。

《曼德尔施塔姆诗选》，杨子译，河北教育出版社，2003。

《曼杰什坦姆诗全集》，汪剑钊译，东方出版社，2008。

《曼德尔施塔姆随笔选》，黄灿然等译，花城出版社，2010。

以下是本书所据和参考的曼德尔施塔姆夫妇著作和曼氏研究

著作：

《存一线希望》，娜杰日达·曼德尔施塔姆（Nadezhda Mandelstam）著，马克斯·海沃德（Max Hayward）译，柯林斯与哈维尔出版社，1971；柯林斯-哈维尔出版社，1989。中译本《曼德尔施塔姆夫人回忆录》，刘文飞译，广西师范大学出版社，2013。

《曼德尔施塔姆》，克拉伦斯·布朗（Clarence Brown）著，剑桥大学出版社，1973。此书为曼氏研究的权威著作。

《放弃的希望》，娜杰日达·曼德尔施塔姆著，马克斯·海沃德（Max Hayward）译，柯林斯与哈维尔出版社，1974；柯林斯-哈维尔出版社，1989。

《奥西普·曼德尔施塔姆：五首诗》，尼尔斯·奥克·尼尔松（Nils Åke Nilsson）著，阿尔姆奎斯特与维克塞尔国际出版社，1974。

《奥西普·曼德尔施塔姆及其时代：对其1913—1923诗歌中的战争和革命主题的评论》，斯蒂芬·布罗伊德（Steven Broyde）著，哈佛大学出版社，1975。

《曼德尔施塔姆：后期诗》，珍妮弗·贝恩斯（Jennifer Baines）著，剑桥大学出版社，1976。此书为曼氏后期诗权威著作，很多素材是作者从曼氏夫人那里获得的。

奥西普·曼德尔施塔姆《随笔选》，悉尼·莫纳斯（Sidney Monas）编译，得克萨斯大学出版社，1977。主要收录诗论。

《探讨曼德尔施塔姆》，奥马里·罗嫩（Omry Ronen）著，马格内斯出版社，1984。此书已绝版多时，凡本书提及罗嫩，均系转引。

《一篇关于奥西普·曼德尔施塔姆的论文：上帝惬意的客人》，

理夏德·普日贝尔斯基（Ryszard Przybylski）著，M. G. 莱文英译，阿迪斯出版社，1987。译自波兰文。这其实并非一篇论文，而是一部专著，分八章。

《第三书》，娜杰日达·曼德尔施塔姆著，巴黎 YMCA 出版社，1987。俄文，尚未有英译。凡本书提及此书，均系转引。

《一件色彩缤纷的外衣：曼德尔施塔姆及其自我表述的神话学》，格里戈里·弗赖丁（Gregory Freidin）著，加州大学出版社，1987。

奥西普·曼德尔施塔姆《时代的喧嚣和其他散文》，克拉伦斯·布朗（Clarence Brown）编译，四重奏图书公司，1988。最早的版本叫作《曼德尔施塔姆的散文》，普林斯顿大学出版社，1965。收录曼氏非诗论的散文。

奥西普·曼德尔施塔姆《批评性散文和书信汇编》，简·加里·哈里斯（Jane Gary Harris）、康斯坦丝·林克（Constance Link）编译，柯林斯-哈维尔出版社，1991。最完备的英译曼德尔施塔姆随笔集。

《读者曼德尔施塔姆》，南希·波拉克（Nancy Pollak）著，约翰斯·霍普金斯大学出版社，1995。此书花大量篇幅探讨曼氏与帕斯捷尔纳克的关系。

《奥西普·曼德尔施塔姆与现代主义对传统的创造》，克莱尔·卡瓦纳（Clare Cavanagh）著，普林斯顿大学出版社，1995。

《曼德尔施塔姆》，奥列格·列克马诺夫（Oleg Lekmanov）著，塔季扬娜·雷蒂沃夫（Tatiana Retivov）英译，学术研究出版社，2010。评传，译自俄文。

译后记

克拉伦斯·布朗在其《曼德尔施塔姆》一书中引述了娜杰日达·帕夫洛维奇的回忆录，谈到1920年10月21日，刚从弗兰格尔岛白军监狱回到列宁格勒的曼德尔施塔姆在诗人俱乐部朗诵一首关于威尼斯的诗，当时诗人亚历山大·勃洛克也在场。帕夫洛维奇写道：

曼德尔施塔姆的脸乍看没有什么特别之处。他消瘦，五官有点儿畸形，整个形象使人想起夏加尔画中的人物。但是接着他便开始唱歌似地朗诵，并轻微地随着诗歌的节奏晃动。勃洛克和我并肩而坐。他突然轻碰我的衣袖，眼光指向奥西普·叶米利耶维奇的脸。我从未见过一张人类面孔这样被灵感和忘我所转化。曼德尔施塔姆那张普通、不显眼的脸，已变成先知和预言家的脸。亚历山大·亚历山德罗维奇也为之震惊。

曼德尔施塔姆是以声音或者说听觉作诗的，他自称："我没有手稿，没有笔记，没有档案。我不用手写，因为我从不写。在俄罗斯，只有我一个人用声音工作，而周围全是一些低劣者的乱涂乱抹。"他的诗都是作好之后再抄下来的，如同莫扎特谱曲。也因此，他有令人生畏的记忆力。布朗在书中另一处提到，二十余年后，在1932年11月10日，曼德尔施塔姆在《文学报》办事处读诗，这位被在场一位批评家形容为“灰胡子家长”“巫师”的诗人，连续两个半小时按顺序把他过去两年间写的诗逐一背诵出来，举座皆惊。

不过，虽然上面的引述很能说明曼德尔施塔姆异于常人的天赋和魅力，但是作为远离现场的读者，使我印象最深刻的却是曼氏读诗时的“变形”：先知、预言家、家长、巫师。我觉得，此中充满隐喻，可用来说明若干问题。

在现实世界中，诗人是“无形”的，无特征的，换句话说，是无灵的、无光的。相反，如果诗人显得像诗人，或把自己装扮得像理想中的诗人，则他的灵与光就被用在外表上，也就是浪费才华了。诗人的灵光是隐藏起来的，也许唯一无法把他的灵光完全遮掩的，是他那对眼睛，它们会在某些时刻焕发神采。只有当诗人阅读或写作时，他才会发生形象转化，可这些时刻往往是他孤独的时刻，外人看不见。而在公开朗诵场合例如曼德尔施塔姆在诗人俱乐部朗诵的场合，诗人发生外貌转化的情况也是极其罕见的，这是因为诗人在公开场合忘我的情况是罕见的，更多是紧张或虚荣。诗人发生形象转化的时刻，更多是他们的诗歌被读者读进去的时刻，就是说，形象的转化主要是读者参与的过程或结果，如同曼德尔施塔姆的面孔在那个场合发生转化，也是那位女听众参与的结果，因为这个形象是她见到并由她描述的。

但是，诗人的形象转化主要还是发生在诗人死去之后。这也是诗人是否是真诗人的关键。不是真诗人的，立即被送往遗忘之河，其形象立即腐朽。真诗人则相反，其形象开始转化，并且有可能变出众多的形象，而不只是先知、预言家、家长、巫师这些或高贵或威严或神秘的形象。

诗歌本身也会变形。在“现实”或“普通”的场合，诗歌只是文字，如同诗人在现实中只是普通人。只有在某些时刻，诗歌才通过读者而显灵显光。曼德尔施塔姆最重要的诗歌也即后期诗歌，更是完全无形，没有发表，没有出版，应验了他自称的“没有手稿”，倒是有几册辗转流离、失而复得的笔记本，但主要还是靠他的夫人背诵下来——呼应了他自己写诗的方式。

这个人和他的诗，在他死后都变形了，转化了，他成为“俄罗斯 20 世纪最伟大的诗人”（布罗茨基语）。

曼德尔施塔姆的诗歌创作，也经历了几次转变，每次差不多都像换了一副面孔。首先是《石头》［1913，1916（扩大版）］时期，这个时期有着古典风格和象征主义余韵，但已具备诗人自己的独特感受力，不仅有很多好诗，而且已披露出深度的透视力，例如这首未收入《石头》但属于同一个时期的作品：

让那些繁华城市的名字
以瞬间的意义抚慰耳朵。
活下来的不是罗马这座城市
而是人在宇宙中的位置。

帝王们试图统治它，
教士们为战争找借口，
但那个位置空出之日
房屋和祭坛便是垃圾。

诗中不仅突出了人在宇宙中的位置，而且预言了诗人自己后来在那个位置被空出之日怎样紧紧抓住它和维护它，如同他在同期另一首诗《巴黎圣母院》中作出并在后来应验的预言：“有朝一日，我也将使美在残忍的重量中升起。”

接下来的《哀歌》（1922 年）写于 1916 年至 1920 年也即世界大战、俄国革命和内战期间，诗集中充满了对古希腊罗马的指涉，其用作书名的诗《哀歌》本身就是对奥维德的同题诗的指涉，显示他对丧乱、分离和流放（流亡）的关注。但曼德尔施塔姆与很多作家和知识分子不同，他选择不移民、不流亡，变成在国内流亡，最终被当局流放并死在流放途中。

《哀歌》时期可以说是对《石头》时期的古典风格的巩固和延伸，更是他磨炼技艺之作。而在第三本诗集也是他有生之年最后一本诗集《诗》（1928 年）中，曼德尔施塔姆发生了风格上的突破，包括对格律的突破，带有明显的实验性、当代性和一定程度的散文化。他不仅写出了《年代》和《不，我不是谁的同代人》这些与“时代”主题密切相关的重要作品，而且写出了《马蹄铁的发现者》和《石板颂》这两首新型颂诗。《马蹄铁的发现者》是他最长的诗，在我看来也是他最伟大的单篇诗，诗中充满神奇而清新的意象，是曼德尔施塔姆强大想象力的极致发挥。

《诗》写于 1921 年至 1925 年，但在接下去的几年中，曼德尔施塔姆沉默了，转而在散文和评论中发声。这似乎是继《诗》的大量消耗和挥霍之后的休息期和调养期，从其散文和评论中看，还是一个反刍和反省期。

但是，曼德尔施塔姆诗歌最伟大的时期也即跨度达七八年的《莫斯科笔记本》和《沃罗涅日笔记本》时期，看来并不是休息调养和反刍、反省的结果，而是以所有前期的累积为基础，在外部压力下的一种自然发声。这是一个大诗人的典型处境：所有技术、经验和视域都用上了，或者更准确地说，都弃用了，诗人处于一种遇到什么是什么、我手写我心的状态。甚至这样说还不准确，应该说类似于神灵附体。甚至神灵附体也还不准确，而应该说诗人像一个强大而敏锐的发声器，在外部力量的挤压、碰撞、摩擦下不由自主地发声。因而是无谱的、无规律的、无法预期的，因而很多时候也是难懂和难解的。风格多样化得没有风格，意象新奇得看似胡言乱语，诗好得像坏诗。

关于诗好得像坏诗，不妨举个例子。在《莫斯科笔记本》时期，有三首在曼德尔施塔姆全部诗作中堪称异数的诗，显得特别散文化：《我还谈不上是家长》《午夜莫斯科》和《今天你可以把手指》。这三首诗后来被某些学者称为“诗漫步”，因为它们都是作者“漫步”的记录和感受。研究者克莱尔·卡瓦纳把这三首诗中的形象称为“诗人作为永久的局外人，处于永恒的运动中”。如果分开来看，尤其是按曼德尔施塔姆诗歌的标准来看，写得实在松散，甚至连最起码的诗节行数的均等也做不到。但是放在一起作为“诗漫步”来看，它们立即变得真正地“与众不同”，不仅与曼德尔施塔姆的“众”诗不同，也与到那时为止的俄罗斯的“众”诗人不同。诚如卡瓦纳所言：

在现代诗的一般脉络中，这些诗也许算不上是令人瞩目的创新；艾略特或庞德、威廉斯或史蒂文斯的读者可能不会对曼德尔施塔姆的大胆无畏感到震惊。然而，在曼德尔施塔姆自己的诗歌的脉络中，以及在从来没有真正拥抱过西方自由诗的俄罗斯传统中，它们却确确实实是瞩目的。要是曼德尔施塔姆的俄罗斯崇拜者们看到这些诗——只有《午夜莫斯科》在他有生之年发表过——他们大概会在这些诗中看到又一次鲁莽行动，当作是掴了曼德尔施塔姆本人努力要培养的有文化的品味一个耳光。一名失望的侨民批评家在1961年谈到《午夜莫斯科》时说：“这与马雅可夫斯基有什么不同呢?”曼德尔施塔姆的同代人很可能也会认同这种感觉。

即便是曼德尔施塔姆两个影响最大、分别代表美国和英国的英译本，默温、布朗译本和格林译本，也都没有收录这三首诗。我亦想作证，即使像我这样还算熟悉包括英美诗歌在内的西方现代诗的读者，如果不是受到“诗漫步”这个概念的启发，也会对曼德尔施塔姆另一首诗中展示的松散抱有成见。这首诗就是《1924年1月1日》，我早前在翻译曼德尔施塔姆的《诗六十五首》时，就把此诗的后半部分删去了。这个做法，并不是我开创的，而是格林在其译作中先做的。他把该诗后半部分大部分删去，只留下若干与前半部分协调的诗行。我在译文中则做得更彻底，干脆把后半部分全部删去。但是在有了“诗漫步”这个概念之后，我发现该诗后半部分不仅是好的，而且是“诗漫步”的先声!

再回到本文开头所说曼德尔施塔姆的形象在他读诗时的转化。有一个细节不可忽略，就是勃洛克轻碰帕夫洛维奇的衣袖，用目光指引她去留意曼德尔施塔姆的状态。显然，在勃洛克提醒前，帕夫洛维奇同样也在看曼德尔施塔姆读诗，但她可能并未觉察到他那张脸的转化。经过提醒，尤其是一位当时最著名的诗人的提醒，她集中注意力，看到了可能连勃洛克也未必看到的脸——先知、预言家的脸。

我自己偶尔会为诗歌班或文学夏令营的年轻人讲一两堂诗。在这种场合，我无一例外总会读些诗，尤其是外国诗，遇到需要引起特别注意的句子时，我会重读，并略作解释，或读完整首诗之后回过头来重读某些句子并强调其妙处。这时，学员们都会流露出赞叹或享受的神色。有时我也会私下读外国诗人或中国诗人的某首诗或某几首诗给朋友听，使他们爱上了他们原来并不重视的诗人或诗。

诗歌翻译，也类似于这样一种提醒。在某种程度上，译诗也是译者轻碰读者的衣袖，让他们看到原作者某些动人的时刻。当然，也有可能——应该说，常常是——留下更差的印象，不过这不是本文要讨论的问题。选译哪些诗，本身就是一种提醒；怎样翻译，也是一种提醒，不同译者不同风格则是从不同角度提醒。就曼德尔施塔姆而言，由于他的诗是公认的难译，不同译本对读者来说就更加重要了。这虽然不是我译曼德尔施塔姆的原因，却是我出版这本曼德尔施塔姆诗选的原因。

我译曼德尔施塔姆的原因，跟我译大多数诗人的原因一样，是基于自身的必要性：见了觉得喜欢就译；通过翻译来接近所译的诗人。我应该是在 20 世纪 90 年代初首次译曼德尔施塔姆的，给天津诗人徐江办的刊物。徐江表示很喜欢，但刊物后来没办成。当时所据的是收录于《欧洲现代诗选》的曼德尔施塔姆部分，以及布朗和默温的著名译本。

第二次译曼德尔施塔姆，应是在 20 世纪 90 年代中期，拟把罗伯特·特拉西英译本《石头》全部译出来，但只译了一半。

第三次是五六年前。这一次，我手头拥有迄今所有曼德尔施塔姆诗英译本。每一本都反复阅读，对有印象的打了记号，然后着手翻译。翻译了很多，有一百多首。

我曾于四年前从这总共两百来首译稿中，选出六十五首译文读起来还不错的，重新修改校订，以内部交流的形式交给“副本制作”，按需求出版。《诗六十五首》得到一些读者和朋友的喜爱，有些觉得增加了他们对曼德尔施塔姆诗歌的理解，有些则表示通过我的译本，他们首次对曼德尔施塔姆有了感觉。基于同样的原因，广西人民出版社的编辑来接触我，希望出版一本曼德尔施塔姆诗选时，我便整理出我迄今所有曼德尔施塔姆译诗，并补译了一些。

在曼德尔施塔姆的英译本中，最著名、最具开拓性的，是布朗与默温的合译本。布朗是曼德尔施塔姆的权威研究者和散文译者，默温则是著名诗人翻译家。其次是格林的译本，它已取代布朗、默温译本，成为企鹅出版社流通的版本，而原本企鹅出版社的布朗、默温译本，最近则由"纽约书评"丛书重新刊行。布朗、默温译本依然是不可替代的，可读性极高。格林译本也十分有特色，包括对某些诗采取自由灵活的手法，只截取其中一部分能在英语中发挥优势的。他这方面的尝试我认为是成功的，我亦从中选译了几首。格林译本得到了曼德尔施塔姆夫人的首肯，她还替其写序，并说保罗·策兰的德译本距原文甚远。

伯纳德·米雷斯的译本，由布罗茨基作序。这个译本比较讲究形式，也较接近直译，尽管在追求形式时，也为了押韵而添加或省略个别字眼。我最初读不是很适应，慢慢发现很有味道，所以也是一个我喜爱的译本。特拉西的《石头》全译本亦受到好评，爱尔兰诗人希尼曾于20世纪70年代曾撰文赞扬过。踏入20世纪90年代，理查德和伊丽莎白·麦凯恩异军突起，合译《莫斯科笔记本》和《沃罗涅日笔记本》完整版，可读性亦颇高。最近理查德·麦凯恩又全译了《诗》。罗伯特·海·莫里森的译本较少人提及，但其实译得很好，我也受益匪浅。戴维·麦克达夫的译本也有不少亮点，我亦从中选译了几首。就连玛丽亚·恩岑斯伯格（俄罗斯女诗人玛格丽塔·阿利格尔的女儿、德国诗人恩岑斯伯格的前妻）所译的一本薄得不能再薄的曼德尔施塔姆诗选，里面也藏着一颗珍珠——那首关于卓别林的诗。

反复阅读十多个曼德尔施塔姆诗歌英译本，一再发现好诗或可译的诗，使我对曼德尔施塔姆的伟大性有了较充分的体会。但是我更佩服的，却是一些研究曼德尔施塔姆的专著，其中一些专著大量引用曼德尔施塔姆的诗，有不少是整首诗译出来，都译得又好又准确。在这些专著中，布朗翻译的诗，已被他与默温的合译本吸纳了。我最喜爱的专著包括克莱尔·卡瓦纳的，她是斯拉夫语文学专家，也是辛波丝卡和扎加耶夫斯基的主要英译者，其文笔之好，用词之准确，堪称楷模，我心里总是想，如果她译一本曼德尔施塔姆诗全集，那就可以为数十年来的曼德尔施塔姆诗歌英译定音了。举个例子，在《我还谈不上是家长》一诗中，提到伦勃朗的画，几个英译本都没有提到一个关键词“卡谢伊”。智量和汪剑钊的译本分别译为“伦勃朗的守财奴们”和“伦勃朗的吝啬鬼”，可伦勃朗并没有这样的画。只有卡瓦纳的译本译为“卡谢伊的伦勃朗（作品）”，这就让我豁然开朗了。卡谢伊是俄罗斯民间传说中的恶魔，但又不全是恶魔，还包含守财奴、吝啬鬼、聚宝者等意思。这句诗是把美术馆喻为卡谢伊的洞窟，里面藏着宝物，包括伦勃朗作品。

理夏德·普日贝尔斯基的专著译自波兰文，书中所引的曼德尔施塔姆的诗都是英译者莱文自己译的，但没有说是转译自波兰文还是直接译自俄文，也许两者互相参考。莱文的译文如同卡瓦纳译文一样，非常清晰。我觉得，读他们两人的译文，享受程度和理解程度都比其他英译本要高。

另一本不能不提的是贝恩斯的专著。虽然非常可惜，她都是直接引用俄文的，好在提到的诗都有编号，我得找到编号再拿编号来与其俄文标题（或首句）对上号，然后读其解释。虽然该书对我而言可获取程度大大降低，但我还是获益匪浅。例如《我住在周围有菜园的地方》结尾：

弯曲的地板翘起来，
也是甲板，也是棺盖。
我在陌生的屋子里辗转不眠，
我的生命不在我身边。

最初，我对“甲板”一词没有把握，因为英文 deck 是一个多义词。贝恩斯的书中提到作者把这座屋子想象成浮动的船。这样我就可以肯定该词是甲板了。

我说过，曼德尔施塔姆是非常难解和难译的。他有点儿像杜甫，有些诗必须借助各种研究著作和注解（更有意思的是，他也像杜甫那样未老先衰，并常常在诗中称自己是老头）。我提供的注解，都是从各英译本和专著里吸取或转抄的，大部分都注明出处，没有注明的，也都主要来自它们。

所有难译的诗人，在别国获接受，大致都要经历这样一个过程：一、粗略的译本，使读者对他有初步了解；二、向译入语诗歌的当代性靠拢，包括在语言趣味方面朝译入语当代诗歌最优质的语言靠拢，其获接受性大大提高，其作为伟大诗人的品质基本上获得认可；三、向原作的精确性靠拢，直译程度越来越强烈，这是因为译入语读者成熟了，开始要求进一步获取真相。

我的译文，可以说是在第二阶段中努力。至于曼德尔施塔姆中译本的第三阶段，距离我们还很远，不但需要几代译者的努力，而且需要几代读者的努力——直到他们对曼德尔施塔姆诗歌品质的认受性进入成熟期。

我在译曼德尔施塔姆的大部分诗时，都没有参考智量、杨子、汪剑钊诸先生的译本，甚至手头都没有。直到这次广西人民出版社约稿，我在全面修订时才找来智译和汪译做参考，校对各英译本差异较大的某些句子和字眼。杨译由于也是转译自英文，所以我在修订时依然不参考，以免受影响。但是，出版社编辑在审阅和校对时，特别邀请了与我素不相识的青年诗人肖磊先生，把我的译本与智、杨、汪译本加以对照，列出差异较大的地方。编辑吴小龙和肖磊亦就不少句子和字眼提出宝贵的修改意见。所以我在这里不仅要衷心感谢他们，也要感谢上述三位译者。在曼德尔施塔姆中译本并不算得上丰富的情况下，我推荐对曼德尔施塔姆的诗哪怕只是有一点儿兴趣的读者尽可能找来他们的译本，尽可能怀着同情与理解来阅读曼德尔施塔姆，不要挑剔，而是要充分发挥想象力和能动性去读，因为曼德尔施塔姆是一位必须全面深入以及越过语言障碍去阅读之后，其伟大性才能初步被领会的诗人。就此而言，汪剑钊全译本尤其是不可或缺的，尽管任何全译本对译者而言都是吃力不讨好的。

几首节译的诗，都在注释里做了说明；有些诗是曼德尔施塔姆生前未结集的，我把它们放在同期结集的诗选里，例如写于《石头》时期但未收入《石头》的，都按年份顺序放在《石头》集子里，并在注释里说明。有些组诗，我采取选译，并在注释里说明。有些人名、地名的注释，是编辑补上的，在此对编辑表示衷心感谢。

译者，2014 年 8 月 8 日，深圳洞背村

图书在版编目（CIP）数据

曼德尔施塔姆诗选 /（俄罗斯）曼德尔施塔姆著；黄灿然译.—南宁：广西人民出版社，2015.6（2021.2 重印）
（大雅诗丛）
ISBN 978-7-219-09090-9

Ⅰ.①曼… Ⅱ.①曼… ②黄… Ⅲ.①诗集—俄罗斯—现代 Ⅳ.①I512.25

中国版本图书馆CIP数据核字（2014）第 224821 号

曼德尔施塔姆诗选
MANDE'ERSHITAMU SHIXUAN
［俄罗斯］曼德尔施塔姆 / 著　黄灿然 / 译

出 版 人　温六零
责任编辑　吴小龙　唐柳娜
书籍设计　刘　凛（广大迅风艺术）
责任校对　李亚伟
印前制作　麦林书装

出版发行　广西人民出版社
社　　址　广西南宁市桂春路 6 号
邮　　编　530021
印　　刷　恒美印务（广州）有限公司
开　　本　889mm×1194mm　1/32
印　　张　10.25
字　　数　248 千字
版　　次　2015 年 6 月　第 1 版
印　　次　2021 年 2 月　第 2 次印刷
书　　号　ISBN 978-7-219-09090-9
定　　价　69.80 元